사회적엄마의
사랑법

지역아동청소년센터 선생님 시이야기

사회적엄마의

사랑법

2019년 2월 28일 제1판 제1쇄 발행

지은이　오철수
펴낸이　강봉구

펴낸곳　작은숲출판사
등록번호　제406-2013-000081호
주소　413-120 경기도 파주시 신촌로 21-30(신촌동)
전화　070-4067-8560
팩스　0505-499-8560

홈페이지　http://cafe.daum.net/littlef2010
페이스북　http://www.facebook.com/littlef2010
이메일　littlef2010@daum.net

©오철수

ISBN 979-11-6035-066-1　03800
값은 뒤표지에 있습니다.

지역아동청소년센터 선생님 사이야기

오철수 글

사회적엄마의 사랑법

작은숲

사회적 엄마를 호명하다
- 꿈두레교사 공동창작 「길은 내게서 나왔다」

1

지역아동청소년센터라는 존재를 알게 된 것은 3년 전입니다. 꿈두레교사학교 부탁으로 센터 선생님을 위한 강의를 하게 되었습니다. 지역아동청소년센터가 구체적으로 어떤 일을 하는지 모른 채, 교육 대상이 주로 여선생님이고, 아이들을 돌본다기에 그저 제가 할 수 있는 내용으로 〈시로 본 엄마사상〉이라는 수업안을 보냈습니다. 다행히 내용에 이견이 없어 수업을 하게 되었습니다. 첫 강의를 했는데 이상하게도 잘 알아먹는 듯해서 깜짝 놀랐습니다. 시를 가지고 하는 수업이라 보통은 낯설어 하는데 전혀 그런 느낌을 받지 못했기 때문입니다. 이후 몇 번의 강의를 거치며 그 이유를 알았습니다. 센터 선생님의 일이 혈연적 엄마는 아니지만 '가슴으로 품어 낳아 기르는' 엄마 역할이었던 것입니다. 그렇게 꿈두레교사학교 〈아하, 교육과정〉 강의로 1년을 보내고서 지역아동청소년센터 선생님들을 '사회적 엄마'라는 부르는 것이 좋겠다는 생각했습니다. 가장 큰 이유는 이분들이 사회 취약 계층의 아이들을 엄마처럼 돌보고 있으며 사실상 사회 가장 낮은 곳에서 사회 안전망 역할을 하기 때문입니다.

사실 그래서 더 궁금했습니다. 사회적으로 보면 매우 중요한 역할이고 전국적으로 그 존재가 있음에도 왜 그 존재가 시라는 문화 형태로는 드러나지 않았을까? 어림잡을 수 있는 이유는, 문화 행위를 할 시간적 여유가 없는 격무 때문이 아닌가 생각됩니다. 그래서 꿈두레교사학교 측에 부탁해 경기 일부지역 센터 고참 선생님들과 함께 일이야기를 나누고 시 쓰기를 해 보자고 제안했습니다. 그렇게 다시 1년을 보내며 성과를 『봄흙처럼 고와라 사회적 엄마』라는 시집을 묶게 되었습니다. 이후 기존에 하던 강의 내용도 〈시로 본 사회적 엄마〉로 바꿨습니다.

이 글은 시집 발간 이후 강의 내용들을 체계 잡아 재구성한 것입니다.

2

제 짧은 생각이지만 사회적 엄마가 되는 출발점은 선생님들의 생명적 감수성과 적극적인 사랑의 능력이라고 생각합니다. 이런 능력이 어려운 아이들을 만나 품기로 작정하고 생명 나눔을 할 수 있는 관계를 만들고 필요한 돌봄을 합니다. 하더라도 아이들을 품는 일은 쉽지 않습니다. 특히 마음에 큰 상처를 가지고 생존의 위기에 내몰려 있는 아이들은 더욱 그렇습니다. 실제로 센터에서 일어나는 모든 일은 이 품음에서의 일입니다. 그래서 글의 진행을 품음을 중심으로 사회적 엄마가 되어 가는 과정에 따르는 게 좋다고 생각했습니다.

간략하게 내용을 안내하면 다음과 같습니다.

1장은, 〈아이와 생명적 관계 맺기〉입니다.

사회적 엄마의 시작은 선생님들의 생명에 대한 관심과 적극적 사랑입니다. 이런 관심과 사랑이 돌봄을 제대로 받지 못하여 상처받거나 고립되어 있거나 굶는 아이들을 만나 생명 나눔의 관계를 만듭니다. 그리고 이 일은 지금까지도 지역아동청소년센터의 뼈대를 이루는 기능입니다. 이때 적극적인 사랑은 아이들과의 만남에서 구체적 돌봄의 형태로 됩니다. 그렇기에 아이들과 만나기 전에 지식 형태로 가지고 있던 방법들은 아이들과의 관계에서 새롭게 구체화되어야 합니다. 사랑은 늘 현장의 구체로만 존재합니다. 그리고 그 구체는 선생님과 아이의 관계적 필요의 형태로 대개는 사소하고 진 빼는 일들입니다. 그래서 더욱 선생님들의 민감한 생명적 감수성이 요구됩니다. 상처 입은 아이들의 왜곡된 생명력의 표현을 느끼고 읽고 생각하며 나눔 관계를 만들어야 하기 때문입니다. 이 생명 나눔의 관계가 제대로 만들어지지 않으면 선생님뿐만 아니라 아이들도 힘듭니다. 그래서 선생님의 사랑은 능동적으로 아이에 구속되어 자유로워지는 방법을 선택합니다. 이때 생명 나눔의 관계 맺기가 이루어집니다.

2장은, 〈아이의 생명력을 믿는다〉입니다.

사회적 엄마는 누가 하라고 하지 않았는데도 생명에 대한 관심과 적극적인 사랑으로 아이의 성장을 바라며 생명 나눔의 관계를 맺습니다. 생명에 대한 믿음이 시작과 끝인 셈입니다. 실제로 생명에 대한 믿음이 없다면 자신을 나눠주는 관계를 맺을 수 없습니다. 또 성장 발전에 대한 믿음이 없다면 생명 나눔의 관계를 지속할 수 없습니다. 그렇기에 사회적 엄마에게 생명에 대한 믿음과 아이의 성장 변화에 대한 믿음은 '믿음의 믿음'(혹은 신앙)과 같은 것입니다. 또 이런 확신에서 아이를 긍정하는 생명 나눔의 예술이 가능합니다. 그래서 사회적 엄마는 아이를 대상이 아니라 관계의 주체로 생각합니다. 비록 현재는 어려움을 겪고 왜곡된 생명적 행동을 하고 있지만, 그 상태 그대로 '아, 그게 너구나!'라고 전폭적으로 긍정하며 생명적 관계를 만드는 것입니다. 그리고 그 관계로 자신의 넘치는 사랑을 흘려 보내 아이가 생명적 기력을 회복하고 관계의 한 주체로 일어서길 바랍니다. 이를 현재 돌봄 수준에서 절박하게 표현하면 '아이들에게 비빌 언덕이 되어 주자'가 됩니다. 상처 입은 아이들이 기력을 회복할 동안 엄마품 같은 역할을 하며 나눔의 주체로 제대로 서도록 돕는 것입니다. 그리고 이런 일 모두는 아이가 어떤 상태에 있더라도 생명 나눔의 한 주체라는 사실에 기초합니다. 아이는 언제나 자신의 상태에서 완전한 주체입니다.

3장은, 〈품음의 기술art〉입니다.

생명적 관계는 품음 그 자체입니다. 센터 선생님들이 스스로를 가슴으로 낳아 기르는 엄마'라는 표현을 합니다. 이 말에서 '가슴으로 낳는' 과정이 품음에 해당할 거라 여겨집니다. 마치 혈연적 엄마가 아이를 잉태해 낳는 과정과 같이 어려운 아이들을 품어 제2의 생명적 관계로 만드는 과정입니다. 그래서 많은 어려움이 따릅니다. 그럴 수밖에 없는 까닭은 한 생명을 품는 순간부터 '우리' 차원이 생기고, 모든 것을 '우리' 차원에서 느끼고 생각하고 판단하고 행동해야 하기 때문입니다. 뿐만 아니라 아이의 몸과 마음에 있는 상처를 품어서 안정시키고 치유하는 일까지 해야 하니 어려움은 상당합니다. 그럼에도 사회적 엄마는 그 일을 자임합니다. 아이를 중심으로 '우리' 차원의 삶을 삽니다. 이제부터 자기 자세가 없는, 품은 자입니다. 그렇기에 센터 선생님의 이 부분에 대한 이해 없이는 모두 부질없는 말이 됩니다. 품어서 '우리'가 되는 순간부터 견딤과 기다림이라는 사실상 자기부정과 자기죽음의 터널을 지나야 합니다. 그리고 이 과정은 이겨내는 길밖에 없습니다. 사회적 엄마가 견디고 기다린 그 생명의 끈은 아이들이 돌아오는 길이 됩니다. 그 길에 들어섰을 때 아이들은 말합니다. '당신은 나를 지켜 주었습니다!'

4장은, 〈사회적 엄마의 모습〉입니다.

마지막으로 이렇게 생명 나눔으로서의 돌봄에 이른 사회적 엄마의 특징은 무엇일까 생각해 봅니다. 첫 번째 특징은 '먹이는 엄마'입니다. 생존의 불안에 내몰린 아이니 먹이는 일은 다른 어떤 것보다 중요합니다. 하지만 구호행위와 다른 것은 먹이는 행위가 생명 나눔의 가치로 행해진다는 것입니다. 센터의 맛선생님은 아이 한 명 한 명의 입맛은 물론이고 먹는 모습만 봐도 아이의 상태를 안다고 합니다. 두 번째 특징은 '하는(doing)-님'입니다. 온종일 뭔가를 하는-님입니다. 종일 여기저기서 '선생님!' 하고 부르는 소리가 끊이지 않습니다. 저녁이 되어 생각하면 기억도 나지 않는 사소한 일을 하는-님입니다. 그 하는-님으로 하여 생명의 꽃이 핍니다. 세 번째 특징은 관계적 지혜의 엄마입니다. 모든 활동이 '우리'라는 생명적 관계에서 '우리'를 풍요롭고 살찌게 하는 방향으로 행해집니다. 또 그것을 '자기에게 가르치며/ 온몸으로 밀고 가는' 윤리의식을 갖습니다. 그러니 물질 중심의 소유적 삶의 양식이 보이는 가치 행위와는 완전히 다른 지혜를 구현합니다. 그렇기에 스스로의 전문성을 생명 나눔으로의 사랑에 두지 지식에 두지 않습니다. 이런 면들이 '어리석은 사랑의 신비'를 생각하게 합니다.

이렇게 전체 맥락을 잡아 보면 이 글은 '사회적 엄마의 사랑법'이라는 제목으로 묶일 수 있을 것입니다.

3

어쩌면 이 글은 우리 사회에 '사회적 엄마'라는 존재가 처음으로 호명되는 사건일지 모릅니다. 하지만 오래전부터 있었음에도 제대로 된 이름을 갖지 못해 없는 것으로 혹은 달리 취급되었던 존재에 대해 가장 애매한 정서적 접근이니 얼마나 부족한 글이겠습니까? 한없이 부끄럽습니다. 하지만 하나의 주제로 글을 쓰며 이번처럼 많이 울기도 하고 웃기도 했던 경험은 개인적으로 잊지 못할 기억입니다. 이 사회에 아이들의 아픔은 계속되고 사회적 엄마의 힘듦도 계속되고 있습니다. 그들이 보이지 않는 것은 그들이 없어서가 아니라 우리가 그들로부터 멀어졌기 때문입니다. 다행히 뜻 있는 선생님들과 지역 주민들이 손잡는 〈헝겊원숭이〉 운동이 시작되었다고 합니다. 잘 만들어 나아가야 합니다. 새끼발가락에 가시가 하나 박혀도 우리 몸은 그 아픔을 중심으로 운영됩니다. 그것이 건강한 생명체의 생리(살아 있는 이치)입니다.

끝으로 이 글이 있게 해준 이 땅의 사회적 엄마들과 시 쓰기에 직접 참여한 선생님들과 물심양면으로 도움을 주신 〈교육나눔꿈두레〉에게 고맙습니다.

2019년 2월

오철수

운명애amor-fati, 내가 아이들에게 다가갔다

여기에 특별한 선생님들이 계십니다.

학교 선생님도 아니고 학원 선생님도 아닙니다.

그런데도 학교가 파하면 갈 곳 없는 아이들을 모아서 놀아 주고 가르치고, 저녁밥 해서 먹이고, 아이의 부모님이 돌아오는 밤 시간까지 돌보는 선생님입니다. 주로 가정 형편이 어렵거나 사정으로 하여 돌봄을 제대로 받을 수 없는 아이들을 돌보는 것입니다. 이들 중 많은 아이들은 가정의 해체 과정에서 큰 상처를 받았을 뿐 아니라 생존의 위기에 내몰려 있습니다.

이제 겨우 초등학생이나 중학생 아이가 겪어야 하는 이 아픔!

이것을 통째로 품어서 가슴으로 낳아 기르는 분이 계십니다.

이들이 바로 물질적 가치로만 돌아가는 이 세상에서 생명 나눔의 가치를 실천하는 사회적 엄마입니다.

그들은 아이들의 아픔에 스스로 묶고 생의 자유와 기쁨을 얻은 분들입니다.

아이들에 대한 사랑을 자기 삶으로 선택한 분들입니다.

그에게 들어보라

내 일이 아니라면 어떻게 그 바람이 나에게 올 수 있으랴

하고 말하는 그 소릴!

태풍 지난 들판의 모든 꽃에게 듣는다

나에게 온 일을

사랑해버리는 것 말고

어찌 삶을 아름답다고 말하리

— 시 「그 노랑 질경이꽃, 박희주 선생님」에서

사회적 엄마는 아이들이 자신에게 왔을 때 피하지 않고 말했습니다. '내 일이 아니라면 어떻게 그 아이가 나에게 올 수 있으랴.' 그리고 아이에게로 걸어가며 말했습니다. '나에게 온 너를 사랑해버리는 것 말고 어찌 삶을 아름답다고 말하리.'

우연을 필연으로 만들어 버리는 이 운명애amor-fati의 춤—

이 얼마나 '장한 아름다움'입니까!

지금부터 이 사회적 엄마의 장한 아름다움에 새겨진 뜻을 읽고자 합니다.

4   머리말 사회적 엄마를 호명하다

프롤로그

12   운명애amor-fati, 내가 아이들에게 다가갔다

1장   아이와 생명적 관계 맺기

20   적극적인 사랑이 맨 처음이다

27   아이와 만남에 집중하여 사랑을 배운다

36   생명적 감수성이 필요하다

45   품어서 생명 나눔의 관계를 만든다

57   자기구속, 온전히 품어서 비로소 자유롭다

2장　　 아이의 생명력을 믿는다

68 　 '아이들도 다 안다'에서 출발한다

79 　 아이의 생명적 힘을 철석같이 믿는다

91 　 생명의 힘을 믿는 긍정의 예술가다

99 　 비빌 언덕이 되어 준다

105 　 아이들은 성장 변화한다

113 　 센터는 아이들에게 조그마한 마을이다

3장　　 품음의 기술art

126 　 아이들이 중심인 삶이 된다

137 　 품는 행위의 어려움을 이기며 사회적 엄마가 되어 간다

145 　 자기죽음이라는 말과 사회적 엄마의 탄생

153 　 견딤과 기다림은 아이들이 돌아오는 길이다

164 　 당신이 나를 끝까지 지켜 주었습니다

4장   사회적 엄마의 모습

176   먹이는 거룩한 엄마다

189   '하는(doing)−님'이다

201   관계적 지혜의 엄마다

213   사회적 엄마의 전문성은 사랑이다

226 ·   어리석은 사랑의 신비를 생각한다

에필로그

238   생명을 나누는 사회적 엄마, 정말 고맙습니다

적극적인 사랑이 맨 처음이다

아이와 만남에 집중하여 사랑을 배운다

생명적 감수성이 필요하다

품어서 생명 나눔의 관계를 만든다

자기구속, 온전히 품어서 비로소 자유롭다

1장

아이와 생명적 관계 맺기

┃ 적극적인 사랑이 맨 처음이다

― 꿈두레교사 공동창작 「길은 내게서 나왔다」

　'사회적 엄마'라는 말을 사용하려면 우선 그들이 어떤 형식으로 존재했는
지에 대한 사실적 접근이 필요합니다. 하지만 저는 그들 존재에 대한 역사
적 사회과학적 이해가 거의 없습니다. 다만 오랫동안 센터 선생님을 한 분
들의 말에 의하면 7～80년대 도시빈민운동이나 지역공부방운동 등 주로
사회 취약계층들이 모여 사는 지역에서 굶는 아이들 밥해 먹이는 활동이나
공부를 가르치는 모임으로 시작했다고 합니다. 물론 지금은 그 기능이 국
가 행정에 포섭되어 일정 정도 지원이 이루어집니다. 함에도 일의 성격이
취약계층 아이들의 보호와 돌봄이라는 점에서 제도권 선생님과는 다른 관
계맺음을 요구합니다. 실제로 어떤 지원도 없을 때 이 일에 뛰어든 선생님
들의 이야기를 들어 보면 그들의 처음은 생명적 관심과 적극적으로 사랑할
수 있는 능력에서 시작합니다. 누가 시키는 것도 아닌데 스스로 보호와 돌
봄을 자임(自任)한 것입니다.

다음은 오랫동안 센터 일을 하신 이말희 선생님의 글입니다.

"저는 아이들을 그리 좋아하지 않았습니다. 검정고시반을 맡아서 아주머니 학생들을 가르치는데, 그곳에 학교를 한 번도 가 본 적이 없는 진우와 진영이 남매가 12살, 14살이라는 나이에 저희 반 학생이 되었습니다. 호적이 없는 아이들, 그래서 학교를 못가 본 남매. 의무교육인 초등학교를 다니지 못한 어른들이 많은 것도 신기했는데, 대한민국에 사는 사람이라면 누구나 있어야 하는 호적이 없고 그래서 학교를 못간 아이들을 만났습니다. 그리고 열흘이 채 못 되어서 16살, 14살, 12살… 민구, 민혁, 민섭 3형제가 제 인생에 등장합니다. 이 아이들은 엄마가 아빠의 괴롭힘을 피해 도망을 치면서 아이들을 데리고 나왔는데 아빠가 학교를 알고 찾아오는 것이 두려워서 그 참한 아이들이 학교를 가지 못했다고 했습니다. 저는 이렇게 96년 9월에 아이들과 첫 번째 만남을 가졌습니다. 아주머니들과 아이들이 섞인 반이 생긴 것입니다. 오전 9시부터 오후 1시까지 수업을 하고 나면 아주머니들은 삼삼오오 짝을 지어서 하교하는데, 이 녀석들은 이곳을 학교라고 부르며 학교에서 놀다가고 싶다고 합니다. 처음엔 그냥 하루 이틀 놀다가 가겠지 생각했는데 남아 있는 시간이 길어지고 아이들의 수도 하나둘씩 늘어가기 시작했습니다. (중략) 아이들과 함께하는 시간이 늘어가는 만큼 아이들에게 필요한 것이 공부만이 아니었습니다. 아이들을 데리고 있으려면 데리고 있을 장소도 필요하고 먹을 것도 필요하고 놀아 줄 사람도 필요했습니다. 당장 아쉬운 대로 주변에 살림이 넉넉한 편인데 맞벌이를 하는 언니집이 있어서 조카들을 돌봐 준다는 핑계로 조카들과 아이들을 함께 데리고 있게 되었습니다. 이 글을 쓰면서 보니 이것이 공부방의 시작인 것 같습니다. 이렇게 아이들과의 작은 동고동락이 시작되었는데, 아이들이 집에 가는 것을 꺼려하고 같이 있고 싶다는 말들이 나오기 시작했습니다. 집에 가도 아이들을 돌봐 줄 어른이 없는 아이들이 대부분이었습니다. 아이들에게서 이런 이야기들이 나올 무렵에 센터를 방문한 재단 관계자에게 집만 하나 얻어 주시면 아이들과 함께 살아 보고 싶다고 제안했는데 그것이 받아들여졌습니다. 아이들과 함께 사는 인가 받지 않은 그룹 홈이 시작된 것입니다."(「우연이 필연이 되었습니다」, 『봄흙처럼 고와라, 사회적 엄마』에서)

선생님의 삶은 글의 제목처럼 정말 우연이 필연이 되는 과정이었습니다.

그런데 우연이 필연으로 되는 과정이 그저 우연에 몸을 내맡겨서 되는 것입니까?

— 아닙니다. 우연에 대한 적극적인 사랑에 의해서입니다. 아이들을 외면하지 않고, 그의 필요를 읽으며 돕고자 하는 적극적인 행동을 한 것입니다. 그 적극적 행동이 우연을 필연으로 바꾼 것입니다. 아이들이 몰려들 때, 공부방을 만들 때, 그룹 홈이 될 때 선생님은 매번 생각했을 것입니다. '내 일이 아니라면 어떻게 그 아이가 나에게 올 수 있으랴.' 그리고 아이에게로 걸어가며 말했을 것입니다. '나에게 온 너를 사랑해 버리는 것 말고 어찌 삶을 아름답다고 말하리.'

이렇게 아이들을 적극적으로 품는 사랑을 한 것입니다.

다음 시를 읽으며 생각해 보겠습니다.

길은 내게서 나왔다

꿈두레교사 공동창작

아이들과 놀아주기 시작했다

내 아이와 노는 데 한두 명 더 붙어 돌보는 게

뭐 어려울까 싶어 오케이 하고

셋 되고 다섯 되고 열이 되었다

그러자 누가 말했다

지하에서 지내는 것은 아이들에게 좋지 않으니

지상으로 옮기고 간판도 달자고

들어보니 너무 옳은 말이어서

또 오케이 하고

놀아주고 밥해주고

언제부턴가 아이들과 잠도 같이 자고

어언 이십년이 흘러

여전히 아이들과 잠잔다

그런 나를 아이들이 너무 좋아해줘 다시

내가 뭔데 아이들이 날 좋아해 주는가 싶어

고마워서 다시 좋아해 준 것

그것이 전부였다 이십년 이 길

내 마음이 부르다가 문득 내 길이 됐다

이 시에는 사회적 엄마라고 불릴 수밖에 없는 센터 선생님들의 네 가지 중요한 특성이 들어 있습니다.

첫째가, 아이에 대한 생명적 관심에서 사랑할 수 있는 능력입니다. 아이들을 품는 데 다른 이해관계가 없습니다. 생명적 관심 하나로 아이들과 함께 하는 것입니다. 다들 아시겠지만 아이를 돌보는 일은 결코 쉬운 일이 아닙니다. 그럼에도 "내 아이와 노는 데 한두 명 더 붙여 돌보는 게/ 뭐 어려울까 싶어 오케이" 하는 것입니다. 거창한 신념이 있어서도 아니고 실익(實益)이 있어서도 아닙니다. 아이를 맡는 순간, 일이 엄청나게 많아지리라는 것을 누구보다도 잘 알고 있었을 것입니다. 함에도 생명에 대한 깊은 관심에서 돌봄과 나눔을 자신의 가장 중요한 일로 긍정한 것입니다. 그래서 이 것은 능동적인 사랑의 능력입니다. 온 세상이 '그대 품에 안겨 잠들고 싶다'는 식의 수동적이고 반동적이기까지 한 사랑노래에 파묻혀 갈 때, 사회적 엄마는 아이들과 만남에서 구체적인 돌봄을 자기의 일로 떠맡는 적극적 사랑을 선택한 것입니다. 사랑의 본성이 자기의 생명적 힘을 증여(贈與)할 수 능력이라면, 우리는 이를 간단히 '품는 사랑'이라고 부를 수 있을 겁니다. 이렇게 사회적 엄마의 맨 처음에는 다른 어떤 것보다 아이들의 생명적 안전과 돌봄을 긍정하는 '품는 사랑'이 있었습니다.

둘째가, 이런 적극적 사랑 능력은 활동을 통해 자란다는 사실입니다. 그럴 수 있는 까닭은, 생명적 사랑 능력은 나눌수록 커지기 때문입니다. 이말희 선생님의 이야기에서도 처음에는 그저 학교를 대신하는 작은 놀이터였지만 아이들의 수가 하나둘씩 늘어가며 먹일 수 있고 공부할 수 있는 공부방이 되고, 그룹 홈의 형식으로까지 발전합니다. 선생님의 사랑할 수 있는 능력이 커진 것입니다. 또 그에 따라 사랑할 수 있는 조건도 커집니다. "산술적으로 생각을 하면 말이 안 되는 일들이 벌어지기 시작합니다. 집은 있지만 살림을 살 수 있는 경제력이 별로 없는 선생님과 아이들로 구성된 가족들인데 그 집엔 항상 넉넉한 먹거리와 즐거움을 나눌 수 있는 여유가 있었습니다. 지금 생각해 보면, 둥지에 있는 제비새끼에게 어미제비가 모이를 물어다 주듯 어미제비의 역할을 해주는 분들이 많았던 것 같습니다." 사랑을 통해 사랑의 능력이 점점 커지는 것입니다. 커졌기에 "지하에서 지내는 것은 아이들에게 좋지 않으니/ 지상으로 옮기고 간판도 달자고/ 들어보니 너무 옳은 말이어서/ 또 오케이 하고/ 놀아주고 밥해주고/ 언제부턴가 아이들과 잠도 같이 자고/ 어언 이십년이 흘러/ 여전히 아이들과" 함께 잠자는 사회적 엄마가 된 것입니다. 하지만 만약 이것이 품는 사랑으로서의 생명적 나눔이 아니고 그냥 일이기만 했다면 과부하가 걸려 망가져 버렸을 것입니다.

셋째가, 생명적 아이들을 돌보는 적극적인 사랑은 상호적이기에 성장하는 아이들이 선생님 자신도 커가게 한다는 점입니다. 내 기쁨이 열 명의 아이에게 닿아 열 배의 기쁨이 되고, 열 배의 기쁨이 내게로 와 나를 키웁니다. 그래서 사회적 엄마는 말하는 것입니다. "그런 나를 아이들이 너무 좋아해줘 다시/ 내가 뭔데 아이들이 날 좋아해 주는가 싶어/ 고마워서 다시 좋아해 준 것/ 그것이 전부"라고 말입니다. 바로 이런 생명 나눔의 어려움과 기쁨이 혈연적 핏줄은 아니지만 사회적 핏줄을 만들고, 우리를 사회적 엄마가 되게 하는 것입니다.

넷째가, 그래서 사회적 엄마와 그의 길은 이전에 자신이 가지고 있었던 사랑의 능력을 깨뜨리고 더 커지는 사랑으로 거듭거듭 나에게서 나옵니다. 보통 우리들은 '길'은 정해져 있는 것으로 생각합니다. 예를 들어 어떤 직업이 있고, 내가 그걸 목표로 학습하고 실천하는 길로 생각하는 것입니다. 하지만 이 시에서 "길은 내게서 나왔다"고 합니다. 이 말은 '무엇을 위한 길'은 이미 주어져 있는 것이 아니라 그 '무엇을 위한 구체적 실천 행위'로부터 자라 나온다는 것입니다. 사회적 엄마도 자신의 구체적인 어떤 행위들로부터 자라 나와 사회적 엄마가 되는 것입니다. 그래서 "내 마음이 부르다가 문득 내 길이 됐다"고 합니다. 내 마음과 발이 아이들과 함께 걸으며 온전히 사회적 엄마에 이르고 다시 나아가는 것입니다. 사회적 엄마는 자격증처럼 이미 있는 것이 아니라 '되어-가는' 존재입니다. 그것도 적극적인 사랑 행위로 품어서, 가슴으로 낳으려는 구체적 행위를 통해 이르는 것입니다.

이 네 가지 특성의 맨 처음이 바로 적극적인 사랑의 능력입니다.

실제로 사회적 엄마의 삶은 적극적으로 품는 사랑의 연속입니다.

아이와 만남에 집중하여 사랑을 배운다

최윤경 「만남은 만남에서 시작될 뿐이다」
꿈두레교사학교 공동창작 「일상이 될 때까지」
오철수 「울컥 꽃, 백재은 선생님」
옥소현 「아이 속의 선생님」

　사회적 엄마의 역사적 형태는 '지금-여기'에 있는 아이들에게 직접적 도움을 주는 방식이었습니다. 지금 내 눈 앞에 가정으로부터 보호 받지 못해 굶어야 하고 동네를 떠돌아야 하고 잠자리를 걱정해야 하는 아이들이 있어, 공간을 마련하여 밥을 해먹이고 공부방 명목으로 돌본 것입니다. 그래서 사회적 엄마의 길에 아이들을 품는 적극적인 사랑이 맨 처음에 있었다고 하는 것입니다. 그리고 이런 사랑의 능력은 센터가 기능하는 한 선생님에게 가장 중요한 자격 조건입니다. 그럴 수밖에 없는 까닭이, 센터에 오게 되는 아이들과 맺는 관계가 매뉴얼에 따른 돌봄 서비스 이전의 관계 설정을 필요로 하기 때문입니다. 먼저 생명적 관계를 맺는 품음의 과정이 요구되는 것입니다. 그래서 복지에 대해 전문적 지식을 가진 선생님들이 센터에 와도 결국 생명적 관계 맺기에서 시작할 수밖에 없는 것입니다. 이 관계 맺기가 되지 않으면 가지고 있는 전문적 지식이라는 게 소용없게 됩니다. 그리고 더 위험하게는 전문적 지식이 생명적 관계 맺기를 방해할 수도 있습니다. 왜냐하면 지금 여기, 내 눈 앞에서 살아 움직이는 아이들을 보는 것이 아니라 자기 머릿속에 먼저 들어와 있는 지식이 만들어 낸 영상이나 그에 비추어진 아이들을 보기 때문입니다. 지금 여기, 내 눈 앞에 있는 아이를 보지 못하는 것입니다. 그러니 그 상태에서 사랑을 말할 수 없습니다. 그런 사랑이 있다면 그것은 사랑을 빙자한 폭력이기 십상입니다. 그것은 아이를 사랑하는 것이 아니라 자기가 생각하는 '사랑'만 사랑하는 것입니다.

그래서 선생님은 무조건 지금 여기의, 구체적이고 생생한 아이들과 만나서 비로소 '사랑'을 배워야 합니다. 사랑은 아이를 대상화하는 기술과 지식이 결코 아닙니다. 그런 지식을 배워 선생님이 되었더라도 다시 아이들 속에서 생명적 관심을 가지고 그 아이에게 필요한 것을 찾는 적극적 사랑을 배워야 합니다.

다음 시를 읽으며 생각해 보겠습니다.

만남은 만남에서 시작될 뿐이다

최윤경

첫 출근인데

멋대로 하는 아이를 만났다

이렇게 할까? 싫어요!

이렇게 하면 어떨까? 싫어요!

내 말은 안 듣겠다는 건지

꼬박 일주일동안 그 아이와 실갱이를 하다 보니

다른 아이들마저 보이지 않았다

하루는 아이가 거칠게 덤비고

처음에 기선을 제압해야 한다는

고참 선생님의 말도 있던 터라 드디어 폭발!

아이는 울며 뛰쳐나가 돌아오지 않았다

온통 아이 걱정과 앞으로 선생노릇 어떻게 하나

괴롭게 한 주를 보냈는데

아이가 왔다 날 보지마자

"안녕하세요" 생끗 인사를 하고는

내가 반가워 할 틈도 주지 않고 뛰어간다

아이가 완전히 변했는데 뭐가 뭔지 통 모르겠다

추측컨대 그 일주일 동안 아이도 나처럼 힘들었을 것이다

분명한 것은 그 후 아이도 나도 변했다는 것

만나는 방법은 따로 있는 것이 아니라

만나는 순간부터 만들어가는 것이다

아이가 아무리 어려도

정말이지 "만나는 방법은 따로 있는 것이 아니라/ 만나는 순간부터 만들어가는 것"입니다. 책에서 배운 대로 했는데 안 되고, 고참 선생님에게

물어서 했는데도 일만 커졌습니다. "아이는 울며 뛰쳐나가 돌아오지 않았다/ 온통 아이 걱정과 앞으로 선생노릇 어떻게 하나/ 괴롭게 한 주를" 보내는 이 과정, 사랑은 그것을 포함하여서만 열리는 것입니다. 왜냐면, 그때야 비로소 지금 여기에 있는 생생한 그 아이가 보이기 때문입니다. 이전까지의 아이는 '거부하는 아이'였지만 지금은 아닙니다. 그렇다면 이전에도 그 아이는 거부하는 아이가 아니라 '다르게 만나야 하는' 아이였던 것입니다. 설혹 그 아이가 유별나서 그랬다고 해도 그 아이와의 관계는 그 사건을 통해서만 열리는 것입니다. 그렇다면 이전에 지금의 아이를 볼 수 없었던 까닭이 무엇입니까? 선생님은 "뭐가 뭔지 통 모르겠다/ 추측컨대 그 일주일 동안 아이도 나처럼 힘들었을 것이다/ 분명한 것은 그 후 아이도 나도 변했다는 것"이라고 겸손하게 말하면서 반성합니다. "만나는 방법은 따로 있는 것이 아니라"고 말입니다. 아이들과 만나는 방법을 책을 통해서 배웠고 고참 선생님으로부터도 배웠지만 그렇게 방법은 기술이나 지식으로 독립되어 있는 것이 아닙니다. "만나는 순간"에 집중하여 거기로부터 열어 가는 것입니다. 그래서 사랑은 아이와 만남에서 비로소 시작되는 것입니다.

아이이기 때문에 쉬운 것도, 아이이기 때문에 어려운 것도 아닙니다.

아이와 함께 하는 지금 여기에서 깨어 있고 - 자기 관념에 사로잡혀 있지 않고 - 느끼고 생각하고 반응할 수 있다면 그냥 사랑의 만남이 됩니다. 예를 들어 아이가 "이렇게 할까? 싫어요!/ 이렇게 하면 어떨까? 싫어요!"라고 할 때도 그것을 아이의 자기표현일 것이라 생각하면 꼭 "내 말은 안 듣겠다는 건지"라는 판단으로 나갈 까닭도 없고 "꼬박 일주일동안 그 아이와 실갱이를" 하지 않을 수도 있을 겁니다. 오히려 아이의 그와 같은 표현에 훨씬 개방적으로 반응하는 관계를 찾을 수도 있습니다. 이것이 아이와 함께 하는 지금 여기에 집중하는 마음입니다. 지금 생성되고 있는 아이에 주목하는 마음입니다. 이때의 아이는 나의 사고를 위한 대상으로서의 아이, 내가 이미 생각하고 범주화한 분류에 비추어진 아이가 아닙니다. 이때의 아이는 나와 함께 있는, '그 아이임으로 아이인 것'입니다. 그래서 "만나는 방법은 따로 있는 것이 아니라/ 만나는 순간부터 만들어가는 것이다/ 아이가 아무리 어려도"라 말하는 것입니다.

이렇게 사랑은 만나는 순간의 아이에 집중하므로 열리는 것입니다.

그래서 사회적 엄마는 제가 이미 알고 있는 생각을 과감하게 버리고, 만남 속의 아이를 느끼고 생각하며 전폭적으로 긍정할 줄 알아야 합니다.

다음 시를 읽겠습니다.

일상이 될 때까지
꿈두레교사 공동창작

처음 오신 선생님

두어 달 지났을 때

쿵쾅쿵쾅 걸어오더니

문을 쾅 닫으며 터지듯 울면서 하는 말

선생님,

나 이놈들 때리고 싶어 미치겠어요!

이 답답함! 그런데도 자신을 위한 편이의 수단은 무조건 배제합니다. 고참 선생님으로부터도 귀가 따갑게 들었을 겁니다. 그런데 도대체 왜 때리지 못하게 했던 것일까요? 예를 들어 그렇게 말 안 듣는 아이들 중에 그렇게 해서라도 선생님의 관심을 받고 싶은 아이가 한 명이라도 있다고 생각해 보십시오. 혹은 아이들에 대해 이미 가지고 있는 선생님의 생각 속 아이와 부딪혀서 생겨난 문제라면 체벌이라는 교육수단이 어떤 효과를 발생시키겠습니까? 그래서 선생님을 위한 편이적인 방법은 아예 거론하지 말아야 합니다. 선생님 스스로도 그런 방식은 다 버려야 합니다. 그럼 손 놓자는 말입니까? 아닙니다. 제대로 만날 수 있는 방식을 찾자는 것입니다. 그 방식은 지식이나 기술의 증식에 의해서가 아니라 어쩌면 선생님 자신의 변화로부터 생겨날지도 모릅니다. 왜냐하면 많은 경우 선생님 스스로가 변화하면 "나 이놈들 때리고 싶어 미치겠어요!"가 성립되지 않는 전폭적인 만남의 시공간이 열리기 때문입니다. 나와 함께 있는 아이들과 매순간 깨어 만난다면 이전에 나를 미치게 했던 상태는 자연스러운 아이들의 상태일 뿐입니다.

선생님이 아이들을 진정 만나고 싶어 하듯 아이들도 선생님을 진정 만나고 싶어 합니다. 선생님이 자신에게 아이들이 마음을 열어 주길 바라듯이, 아이들도 선생님에게 똑같이 그 마음을 열기 원합니다. 특히 마음에 상처가 많은 아이들은 선생님이 마음을 열지 않으면(친절만 가지고는 모자란다!) 결코 자기 마음을 열지 않습니다.

마음이 열리지 않으면 사랑을 할 수 없는 것입니다.

열리는 두 마음이 만나는 게 품는 사랑입니다.

다음 시가 그런 사회적 엄마와 아이의 관계를 보여 준다면 정말 좋겠습니다.

울컥 꽃, 백재은 선생님

오철수

망초꽃은 참 흔해요

피는 곳도 천변이나 길옆 후미진 곳

꽃송이도 겨우 손톱만해서

딱히 주목받지도 못하죠

그래선지 망초꽃을 좋아하게 된 사람들의 말을 들어보면

하나같이 자기 생의 가장 구석에서 만난

꽃이라는 거예요

가장 낮았을 때

가장 외로웠을 때

자기를 향해 천연스레 웃어주던

하도 또랑또랑하게 웃어

울컥, '꽃'이라는 거예요

그래선지 지역청소년들과 '더불어 함께' 활동을 하는

백재은 선생이 웃을 땐

망초꽃 백송이에요

아이들이 만난 울컥, 꽃

구석진 마음 다 환하게 만드는

망초꽃 말이에요

내 마음이 가장 낮을 때, 그래서 "천변이나 길옆 후미진 곳/ 꽃송이도 겨우 손톱만해서/ 딱히 주목받지도 못하"는 아이들과 마주했을 때 생명적 관심에서 사랑은 시작되는 것입니다. 내 마음이 너무 높으면 낮은 곳의 아이는 제대로 보이지도 않습니다. 보이더라도 내 높이로 하여 왜곡되어 보입니다. "가장 낮았을 때/ 가장 외로웠을 때", 그래서 아이들의 생생한 모습을 있는 그대로 볼 수 있을 때 전폭적으로 긍정할 수 있는 것입니다. "자기를 향해 천연스레 웃어주던/ 하도 또랑또랑"한 웃음을 보며 '그게 너구나!'라고 말할 수 있는 만남! 그래서 "울컥"할 때 다 함께 꽃일 수 있는 것입니다. 품는 적극적인 사랑이 가능한 것입니다.

그때 선생님은 어떻게 존재할까요?

아이와 '함께 있고 – 나누고 – 즐기고 – 성장하는' 선생님으로 존재합니다.

다음 시가 그런 센터 선생님과 아이들의 사랑의 길을 보여 줍니다.

아이 속 선생님

옥소현

아이들이 놀고 있습니다

아이들이 걷고 있습니다

아이들 즐거운 식사시간입니다

이때 선생님 하고 불러보세요

여남은 명이 한 사람을 보고

그 한 사람이 네— 하고 답합니다

　선생님은 생명적 관심과 적극적인 사랑으로 아이들을 품고 생명 나눔의 관계를 만듭니다. 이제부터 선생님은 모든 것을 아이들과의 관계 속에서 느끼고 생각하고 판단합니다. 아이들도 그 관계 속에서 선생님과 나누는 것입니다. 두 주체가 생명 나눔이라는 '우리'가 되어 하나입니다. '우리' 안에서 선생님과 아이들은 생명 나눔을 하는 것입니다. 모든 것을 지금 함께 하는 아이들로부터 배워 사랑하는 것입니다. 그렇지만 '선생님—'하고 불러보십시오. "여남은 명이 한 사람을 보고/ 그 한 사람이 네— 하고 답합니다." 그런 관계가 되도록 선생님은 끊임없이 노력하는 존재입니다.

　그 노력이 생명적 관계를 만듭니다.

│ 생명적 감수성이 필요하다

꿈두레교사 공동창작 「얼마나 힘들었을까」
박희주 「울면서」 / 허은정 「머리카락 냄새」

    센터 선생님을 한마디로 정의하면, 아이를 새롭게 살리는 엄마입니다.
이 정의가 폼 나든 그렇지 않든 센터에 오는 아이들이 일단 살려 놓고 봐야
할 존재들이여서입니다. 물론 센터로 오는 아이들이 신체적인 병에 걸려
있는 것은 아닙니다. 하지만 아이들 중 많은 수가 이미 아이로서는 견디기
힘든 마음의 상처를 안고 생존에 내몰려 있습니다. "초등학교 1학년인데/
팬티를 입어야 한다는 것도/ 양치질이라는 것이 있는 줄도/ 모르는 아이였
다// 센터에 와서 밥만 먹었다/ 모든 신경이 밥시간으로만 가있다"(「살 수
있는 아이가 되다」)의 아이를 생각해 보십시오. "알코올중독 아버지와/ 한
쪽 손이 없으며 간질 발작을 일으키는 엄마와/ 아이들만 셋" 있는 집 아이
(박희주 「울면서」)를 생각해 보십시오. 정말이지 "여섯 명 중에 엄마 있는
녀석이 하나도 없다/ 어쩌면 먹고 살기 위한 어떤 전쟁은 계속되고/ 엄마
잃은 아이도 계속 생기는 게 아닌가 싶다"(김보민 「엄마는 어디로 갔을까」)

가 센터 선생님들 스스로 내리는 진단(診斷)입니다.

그렇기에 센터는 우선 상처받은 아이를 살리는 곳입니다.

그래서 센터 선생님은 어찌 되었든 아이를 살리는 엄마입니다. 제가 '어찌 되었든'이라고 표현하는 까닭은, 센터의 기능을 어떤 시각으로 보느냐 하는 것과 무관하게 센터에 계시는 선생님과 아이들 사이의 존재적이고 관계적인 상태가 그렇다는 점을 말하고자 함입니다. 그리고 어떤 생각을 가지고 센터에 오게 되었든 현재의 이 상태에 '의한' 선생님이 되어야 한다는 의미도 포함시키고자 함입니다.

그런데 이처럼 아이를 살리려는 일을 하려 한다면 센터 선생님에게 가장 필요한 능력이 무엇일까요?

― 아이의 상태를 보고 느끼고 생각할 수 있는 '민감한 생명적 감수성'입니다.

한데 이렇게 말하면 그런 능력은 천부적인 것이 아니냐고 되물을 수 있습니다. 물론 그런 측면도 없지 않아 있을 것입니다. 하지만 많은 경우, 아이들에게 집중하려는 마음만으로도 훨씬 민감해질 수 있습니다. 워낙 민감한 생명적 감수성은 스스로 '살아 있음을 소중한 가치로서 대하는 생활 방식'에서, 다시 말해 생명 안전을 제1의 관심사로 자신을 조율하려는 훈련 속에서 형성되는 것입니다. 보통의 혈연적 엄마도 생명을 몸에 품으면서 생명의 안전을 제1의 관심사로 자신을 조율하는 노력에서 민감한 생명적 감수성을 얻게 되는 것입니다. 엄마들이 아이들의 얼굴이나 발걸음이나 목소리만 들어도 어떤 상태인지 감을 잡을 수 있는 능력이 도대체 어떻게 생겨났겠습니까? 아이에 대해 집중하는 끊임없는 노력에서입니다.

이런 민감한 생명적 감수성에 대해 이영숙 선생은 다음처럼 말합니다.

"생명적 감수성은 자기의 생명, 그리고 다른 생명의 욕구와 필요와 고통을 느끼고, 생명이 가진 자생력을 펼치도록 판을 벌여 주고 지켜 주고 도와주기 위해 성찰적으로, 그리고 연민을 가지고 사물과 관계를 맺는 감수성을 의미한다. 늘 감성이 깨어 있고 가슴을 열어두어야 가능한 감정이다. 이 감성은 감각적인 것에 국한되는 것이 아니고 사유적, 행동적인 것을 포함하여 거의 인성의 차원에 유사하다고 할 수 있다"(「생명여성주의와 생태여성주의」)

다음 시를 읽으며 생각해 보겠습니다.

얼마나 힘들었을까
꿈두레교사 공동창작

장기위탁 온
중1 상담이다
선생님이 너에게 어떻게 해주면 좋겠니?

고개 한 번 들지 않고
미적거리던 아이에게서 작게 흘러나온 말
— 저에게 잘해 주세요.

마치 그 소리가

아이의 몸에서 나오는 듯 했다

"저에게 잘 해주세요"라는 아이의 말을 존재의 말로 들은 것입니다. 그렇지 않고서야 어떻게 "마치 그 소리가/ 아이의 몸에서 나오는 듯 했다"고 표현할 수 있었겠습니까? 사회적 엄마는 그 말 한마디에 들어 있는 그 아이가 겪었을 상처와 절망과 분노와 무기력과 불신을 자기 몸으로 온전히 느낀 것입니다. "얼마나 힘들었을까". 또 그렇게 느꼈기에 "작게 흘러나온 말"이지만 무지하게 커다란 소리로 들은 것입니다. 마치 벼랑에 선 아이의 절규로 말입니다. 물론 이런 아이의 태도와 말에 대해 어떤 사람은 '저래가지고 어떻게 험한 세상을 살아가느냐고 하기도 하고, 또 어떤 이는 '제 꼬라지도 모르는 소리를 한다'고도 하고, 또 어떤 이는 기계적으로 '장기위탁 온 아이'로만 보기도 할 것입니다. 하지만 육화(肉化)된 생명적 감수성을 가진 사회적 엄마는 그 순간 아이의 고통을 온전히 체험합니다.

어떻게 그 정도로 체험할 수 있는 것입니까?

— 살아 있음을 소중한 가치로서 대하는 생활방식으로 조율된 사회적 엄마는 '다른 생명의 욕구와 필요와 고통을 느끼고, 생명이 가진 자생력을 펼치도록 판을 벌여 주고 지켜 주고 도와 주기 위해 성찰적으로, 그리고 연민을 가지고 사물과 관계를 맺는' 훈련을 많이 하여 능력으로 가지고 있기 때문입니다.

그럼 그런 생명적 감수성의 능력은 아이를 어떻게 대합니까?

– 어떤 전력을 가진 장기위탁 온 아이로 대하는 것이 아니라 지금 내 눈앞에 있으며 눈도 제대로 못 맞추는 아이로 대면합니다. 어떤 편견도 없이 지금 내 앞에 있는 아이로만 만나고 느낍니다. 자기가 서류로 본 정보에서 시작하는 것이 아니라 지금 그 아이와의 만남에서 그 존재를 긍정하면서 시작합니다.

그렇기에 사회적 엄마의 생명적 감성은 늘 깨어 있어야 합니다.

깨어서 지금 여기에 있는 아이에게로 열려 있어야 합니다.

열려 있기에 아이 말과 존재 전체가 들어올 수 있는 것입니다.

또 아이의 모든 것이 들어왔기에 "얼마나 힘들었을까" 느끼고, "생명이 가진 자생력을 펼치도록 판을 벌여 주고 지켜 주고 도와 주기 위해 성찰적" 생각을 하고 판단하여 알맞은 관계를 맺고 필요한 행동을 할 수 있는 것입니다. 특히 아이이면서도 너무 크게 마음의 상처를 안고 생존에 내몰려 있다는 점에서 이런 능력은 절대적으로 필요합니다.

다음 시를 읽으며 사회적 엄마의 크나큰 생명적 감수성을 느껴 보십시오.

울면서

박희주

초등학교 3학년이

시험 때 백지를 제출하고

그냥 가방 들고

집으로 가버리는 행위를

누가 어떻게 이해할 수 있겠는가

그 집에

알코올중독 아버지와

한쪽 손이 없으며 간질 발작을 일으키는 엄마와

아이들만 셋 있어

그 치다꺼리를 해야만 하는

그 집으로

아이가 걸어가는 까닭을

또 누가 어떻게 이해할 수 있겠는가

어떤 꿈도 살 수 없는

그 아이 걸음을 그래도 믿으며 믿으며

기다리는 것 밖에 할 수 없는 그 일을

또 어떤 선생이 있어

할 수 있겠는가

울면서

이 눈물이 세상을 구원한다고 제가 우기면 저는 바보가 되는 것일까요?
이 눈물을 보면서 이 세상은 이 아픔을 중심으로 돌아가야만 한다고 말한다면 정말 몰라도 너무 모르는 소리를 하는 것인가요? 새끼발가락 끝에 조그만 상처가 하나 생겨도 온 몸이 그것을 중심으로 해서 움직이게 마련인데, 정말 제가 뭣도 모르는 낭만적인 소리를 지껄이는 걸까요? 그리하여 사회적 엄마가 행하는 모든 활동을 그저 여성들의 연약한 감성적 활동으로 치부하는 것이 온당할까요?

저는 그렇게 생각하지 않습니다. 이 강력한 생명적 감수성이야말로 인간의 본심과 본향을 회복하는 길이라고 생각합니다. 생명과 사람을 위한 문명의 영원한 근간이라고 생각합니다. 그를 보존할 때 생명은 생명으로서의 풍요를 누릴 수 있다고 생각합니다. 그래서 이 "울면서"의 눈물이야말로 사회적 엄마가 냉혹한 문명의 죄를 대신해 흘리는 '대속(代贖)으로서의 사랑'이라고 확신합니다. 그렇기에 결코 무기력한 눈물이 아닙니다. 무기력해 보이지만 반생명적으로 닫혀 있는 눈을 씻어 주는 눈물입니다. 그 눈물을 통해 우리는 진정으로 그 아이와 성찰적인 생명적 관계를 맺을 수 있는 것입니다. 그 눈물이야말로 새로운 생명적 끈을 잇는 눈물입니다. 사회적 엄마의 강력한 생명적 감수성이 "어떤 꿈도 살 수 없는/ 그 아이 걸음을 그래도 믿으며 믿으며/ 기다리는 것 밖에 할 수 없는 그 일을" 하며 생명 세계를 복원하는 것입니다. 물론 현실적으로 그 힘은 미미합니다. 특히 우리의 실정은 더 그렇습니다. 하지만 복잡계(複雜界)라고 불리는 생명 세계에서는 그 미미한 힘이 생명의 그물을 타고 거대하게 출렁이는 나비효과를 불러일으킬 수 있습니다. 생명을 부정하는 힘은 관계를 파괴하며 자라지만(암세포의 성장을 생각해 보라!), 생명을 긍정하는 힘은 관계를 복원하며 자라기에 그 파급력은 상상을 초월합니다.

이런 마음이 사회적 엄마를 견디게 하고 기쁘게 하는 생명적 감수성입니다.

그래서 이영숙 박사도 "이 감성은 감각적인 것에 국한되는 것이 아니고 사유적, 행동적인 것을 포함하여 거의 인성의 차원"으로까지 되었다고 하는 것입니다. 사회적 엄마 그 자체로!

다음 시를 읽으며 사회적 엄마의 생명적 감수성이 감싸고 있는 아이를 생각해 보십시오.

머리카락 냄새

허은정

'선생님, 배고파요'로 시작하여

어떻게 해서든 선생님 주위를 맴돌다가

머리카락을 툭 쳐서 냄새를 맡는 아이

중1때부터 시작해 고2가 되어서도

선생님 머리카락을 슬쩍 건드리고 홉— 들여 마시고

저만치 갔다가 다시 와서 툭 건드리고

잽싸게 홉— 들여 마시는

귀찮다고 해도 장난치듯

순식간에 홉— 깊게 들여 마시는

그 아이에게 선생님 머리카락 냄새는 무엇일까

어릴 때부터 할머니와 살며 고등학생이 된 그 아이에게

향의 근원은

사회적 엄마는 고등학생이나 된 이 아이의 행동을 버릇없다고 생각하지도 않고, 금해야 할 일이라고도 생각하지 않습니다. 기껏 "귀찮다고" 하며 받아줍니다. 받아줄 수 있는 까닭이 무엇입니까? 뭘 몰라서도 아니고 그저 귀여워서도 아니고 착해서도 아닙니다. 아이의 생명적 욕구와 필요와 고통이 그 행위에 어떻게 아로새겨져 있는지 어렴풋하게라도 알 것 같기 때문입니다. 그렇게 선생님의 생명적 감수성이 아이의 행위를 감싸고 있기에 "그 아이에게 선생님 머리카락 냄새는 무엇일까/ 어릴 때부터 할머니와 살며 고등학생이 된 그 아이에게"라는 말의 울림이 우리 몸을 저리게 할 정도가 되는 것입니다.

이렇게 사회적 엄마의 감성은 늘 깨어 있고 품은 열려 있습니다.

그렇기에 생명적 감수성이야말로 생명 나눔으로의 돌봄이라는 관계 맺기에 무엇보다 필요한 조건입니다.

사회적엄마 04

품어서 생명 나눔의 관계를 만든다

꿈두레교사 공동창작「믿어주는 한 사람 때문에」
권정생「소백산에서 태어나다」

사회적 엄마는 아이들의 어려움을 보고만 있을 수 없어 보호하고 돌보는 일을 자임하며 품습니다. 생명에 대한 적극적 사랑입니다. 하지만 이게 말처럼 쉽지는 않습니다. 왜냐하면 센터 선생님들이 맞이해야 할 아이들은 매우 어려운 환경에서 놓여 있기 때문입니다. 많은 경우 어린 나이에 가정이 해체되는 커다란 상처를 입었고, 여전히 생존의 불안에 내몰려 있습니다. 그로 하여 아픔을 드러내는 행동이 적지 않습니다. 그러니 품는 적극적인 사랑을 발동하더라도 어려움이 상당합니다. 함에도 센터 선생님에겐 품는 사랑 이외에 달리 방법이 없습니다. 품는 행위는 사회적 엄마가 생명적 나눔의 관계를 만드는 시작입니다.

그래서 사회적 엄마는 우선 아이를 품는 것 자체에 의미를 두며 다음과 같은 원칙을 지켜 생명적 관계를 만들려고 합니다.

1) '한 존재'로서의 그 아이 전부를 품는다.

1장 | 아이와 생명적 관계 맺기　45

2) 무슨 작용을 하려고 하기보다 '품었다는 확신'을 주려고 한다.

3) 품 안에서 거리를 조정하며 나눔의 관계를 만들어간다.

4) 품는 동안은 무한한 인내를 결심한다.

마치 허접한 운명론처럼 들릴 수도 있는 비합리적인 이야기입니다. 하지만 이것이 센터를 찾는 아이들의 특수함을 자기화하는 사회적 엄마의 사랑의 특수함입니다. 적당한 비유일 수는 없지만, 아이가 태어나기 위해 엄마 뱃속에서 10개월을 거쳐야 되듯 돌봄 명목으로 센터에 오는 아이들도 새롭게 태어나는 어느 정도의 기간이 필요합니다. 그 기간을 통해 이전의 관계에서 상당 정도 내파(內破)당한 아이들의 몸과 마음이 건강을 회복하고, 신뢰할 수 있는 사회적 엄마 – 아이의 관계로 조율되어야 합니다. 우리가 일반적으로 말하는 '돌봄'이란 것은 정확히 말하면 이 기간을 경과한 이후부터입니다. 하지만 센터의 실제 일은 생명 나눔을 위한 관계 맺기가 대부분입니다. 그래서 센터 선생님들은 제도권 선생님이나 일반적인 어머니들과 달리 '다시 – 품음'과 '돌봄'을 동시에 수행하는 존재입니다. 그러니 돌봄만 생각하고 온 젊은 선생님들은 센터 일에 적응하기 힘들 수밖에 없습니다. 또한 품는 기간도 일정치가 않고 대부분이 몇 년씩 걸립니다. 하지만 현재의 센터 상태로서는 다른 수도 없습니다. 모든 걸 선생님의 품으로 감당해야 합니다. 실제로 몸이 망가져 가면서도 감당하고 있습니다.

가슴 아픈 일입니다.

민감한 생명적 감수성과 적극적인 사랑의 능력이 보호되는 사회를 꿈꾸는 것은 정말 불가능한 일일까요?

사회적 엄마는 그런 사회를 바라며 힘들어도 아이들을 품습니다.

다음 시를 읽으며 품어서 생명적 관계를 만드는 일을 생각해 보겠습니다.

믿어주는 한 사람 때문에

꿈두레교사 공동창작

중2 남자 놈이

사회봉사를 왔다

거의 눈도 마주치지 않고 말이 짧다

'저 뭐해요?'

— 네가 하고 싶은 거 해.

'뭐라구요?'

— 네가 너를 위해서 하고 싶은 거 하라구.

'뭐라구요? 그럼 자도 돼요?'

— 그게 너를 위해 하고 싶은 일이면 자도 돼.

'진짜요?'

진짜로 아이는

잠만 자다가 갔는데 마지막 날

'선생님, 몇 건 사회봉사가 더 있는데 모아서 다시 와 공부하면 안 될까요?'

그냥 씨익 웃고 보내줬는데

정말 다시 와서 공부를 시작했다

중학교 2학년인데
혼자 초등학교 6학년 졸업한다고
자랑질이다

아이에게 의미심장한 변화가 일어났습니다.

그런데 도대체 어떤 작용을 했기에 이런 변화가 생겨난 것입니까?

– 외관상으로는 아무것도 안 하고 품기만 한 것입니다.

그래서 제도적으로 보면 터무니없는 대책입니다. 만약 상급기관에서 감사라도 나왔다면 냉혹한 질책을 면치 못했을 겁니다. 그렇다고 상급기관의 감시를 받는 시설이 일반적으로 하듯이 그 아이를 데리고 주차장 쓰레기 줍는 봉사활동을 했다면 이런 의미 있는 변화가 일어났겠습니까? 결단코 반대로 되었을 것입니다. 어른들의 세계와 제도에 대한 불신은 더 커졌을 것입니다. 이미 그런 마음이 커서 사회 봉사활동을 다녀야 할 상황인데 아예 등 떠미는 꼴이 되는 것입니다.

하지만 사회적 엄마는 말썽꾼인 〈사회봉사〉 온 아이를 본 것이 아니라 사회봉사 온 〈아이〉를 본 것입니다. 그리고 '나는 너를 받아들이겠다.'와 "네가 너를 위해서 하고 싶은 거"를 할 수 있도록 결정하게 한 것입니다. 짧게 말하면, 내 품 안에서 네게 필요한 것을 하라는 것입니다.

그럼 여기에서 기능하는 '품음'의 특성은 무엇일까요?

1) 우선 사회적 엄마는 골라 품지 않았습니다. 여기까지 온 이유야 어떻든 '한 존재'로서 있는 그대로의 '그 아이'를 품은 것입니다. 물론 아이가 센터로 올 때는 사회봉사를 해야만 하는 교육 대상자임에 틀림없습니다. 하지만 사회적 엄마는 아이를 만나는 순간부터 사회봉사를 와야 하는 아이를 '아, 그게 너구나'라고 있는 그대로 긍정하고, 이제부터 내 품 안에서 '품음의 한 주체'로 받아들인 것입니다. '품'이라는 '우리'가 있고, 그 한 주체로서의 사회적 엄마와 또 한 주체로서의 아이가 있는 것입니다. 그러니 아이는 돌봄 대상이면서 돌봄의 주체입니다. 이런 관계가 우선 사회적 엄마에 의해 설정되어야 품는 사건이 일어나는 것입니다. 그러니 이 과정은 나의 기대 안으로 아이를 받아들이는 대상화와는 전혀 다른 것입니다. 또한 사회봉사 온 아이에겐 이런저런 일을 시키고 돌려보낸다는 식의 매뉴얼대로 하는 것은 대상화의 극단적 형태입니다. 품는 것은 관계를 설정하는 만남이고, 있는 그대로의 아이를 받아들이는 것입니다.

2) 그러니 무슨 작용을 하려고 하기보다 '품었다는 확신'을 주는 조건 설정이 먼저인 것입니다. 선생님이 먼저 품을 열고 '품에의 참여'를 만드는 것입니다. 〈'저 뭐해요?'/ − 네가 하고 싶은 거 해./ '뭐라구요?'/ − 네가 너를 위해서 하고 싶은 거 하라구./ '뭐라구요? 그럼 자도 돼요?'/ − 그게 너를 위해 하고 싶은 일이면 자도 돼./ '진짜요?'〉 있는 그대로의 아이를 '아, 그게 너구나!'라고 긍정하였다면 있는 그대로의 아이가 원하는바 또한 있는 그대로 받아들여야 합니다. 물론 성숙한 관계에서 기대와 작용은 매우 중요한 역할을 합니다. 하지만 우리들이 만나는 아이들의 특수성은 그런 성숙

된 관계 이전 단계입니다. 아이는 새롭게 설정된 품 안에서 안전함과 진정성을 느껴야만 다음으로 나아갈 수 있습니다.

3) 그렇기에 기다림이 필요합니다. 선생님은 자신의 품 안에서 있는 그대로의 아이가 편할 수 있는 거리를 조정하고, 아이도 나름대로 숨을 쉴 수 있는 거리를 조정합니다. 거기에서 안정성과 진정성이 느껴질 때 관계가 만들어집니다. 그래서 선생님은 무한한 인내를 결심해야만 합니다. 그 일이 비록 '잠만 자는 일'일지라도 선생님은 기다려야 합니다. 아이 스스로 품음의 관계적 한 주체임을 느낄 때까지! 그래서 관계를 만드는 이 기다림은 아이를 놓아 버린 기다림이 아닙니다. 오히려 섣불리 작용하지 않으려는 '격렬한 노력'으로의 기다림입니다. 선생님의 그 노력을 잠만 자는 것 같은 아이가 느낍니다. 14년 인생 동안 어른들로부터 받은 배신의 상처들이 본능적으로 온 감각을 열고 선생님의 품을 느끼는 것입니다. 저 선생님이 나를 있는 그대로 받아 주고 긍정하려고 노력하고 있으며, 그래서 나는 안전하다는 느낌이 올 때까지! 그때 잠만 자던 아이가 〈선생님, 몇 건 사회봉사가 더 있는데 모아서 다시 와 공부하면 안 될까요?〉라고 자기 마음을 여는 것입니다. 그때까지는 기다릴 수밖에 없는 것입니다. 물론 기다리는 동안 사고를 치는 아이들이 훨씬 많을 것입니다. 하더라도 품은 자는 기다려야 합니다.

이런 기다림이 잘 될 때, "정말 다시 와서 공부를 시작했다// 중학교 2학년인데/ 혼자 초등학교 6학년 졸업한다고/ 자랑질이다"는 돌봄의 단계로 진입합니다. 그러니 위 시에서 잠만 자게 내버려 두는 행위는 결코 아무것도 하지 않은 것이 아닙니다. 현학적으로 말해 '함이 없는 함'(爲無爲)을 수행한 것입니다.

이것이 품음의 '이루는 힘'[功能]입니다.

생명적 관계를 낳는 품음은 내게 온 아이를 있는 그대로 '오, 그게 너구나!'라고 긍정하며 품는 데서 시작합니다. 그리고 무한한 기다림을 감행해야 합니다. 그렇게 해도 어떤 사단이 벌어질지 모르는 것이 센터 선생님들의 어려움입니다.

다음 시를 읽겠습니다.

소백산에서 태어나다

권정수

백두대간을 타며

이전까지 아이가 한 말이라곤

언제 끝나요 라고 묻는 게 전부였다

틈만 나면 쓰러져 자는 게 전부였다

단풍 드는 산의 아름다움 같은 것에 대해

아니면 왜 이런 미친 짓을 하는 것인지에 대해

한마디쯤 할 것도 같은데 늘 똑같은 질문

언제 끝나요 라는 물음이 전부인 아이

종주 중반을 넘어 소백산에 이르렀을 때

뭔가 얼굴빛이 달라지기 시작했다

사진을 찍을 때 카메라를 쳐다본다

간식을 건네주니 오호라— 처음으로—

선생님 드실 것은 있냐고 되묻는다

그 산에서 일출(日出)을 맞이할 때

아이 입에서 터져나왔다, 너무 멋있어요!

17년 인생에서 처음 이 세상을 향해

내뱉은 말, 너무 멋있어요!

온 세상에 아침놀 퍼졌다

일 년 동안 주말을 이용한 백두대간 종주 프로그램에 참여했습니다. 6개월 넘는 동안 아이가 하는 말이라곤 "언제 끝나요"라는 말뿐입니다. 모든 것에 대해 아무 반응을 안 하는 것입니다. 어쩌면 안 하려고 애를 쓰고 있는지도 모릅니다. 그러니 그 아이를 위해 프로그램에 함께 참여한 선생님도 환장할 노릇일 겁니다. 하지만 아무것도 요구하지 않고, 그런 아이를 그 아이라고 생각하며, 동행합니다.

제가 하도 궁금해 시를 쓴 분께 물어보았습니다.

아이가 내내 그렇게만 행동하면 어떻게 하시려구요?

— 별 수 없지요. 힘든 산행과 사계절의 자연 변화도 아이의 기력을 회복시키지 못한다면 선생님인들 별 수 있겠어요.

기다리며 초조하지는 않았어요?

– 아이들과 함께 있을 때가 걱정 아닌 순간은 없어요. 웃는 동안에도 걱정은 옆에 있어요. 다행인 것은 함께 시작한 아이들 중 두 명이 포기했는데 그래도 포기하지는 않는다는 점이었지요. 모르긴 몰라도 자기와의 화염 없는 전쟁을 했을 거예요.

그런 게 간혹 느껴지나요?

– 뭔지는 모르지만 느껴져요. 뭐, 느껴진다고 믿는 것일지도 모르지요. 아이들의 생명적 힘을 믿지 않으면 아무 일도 할 수 없거든요. 참, 등산 중에 잠깐 쉴 때 내가 목이 말라 물을 먹으려다가 아이를 부르면 꼭 오더라구요. 물통을 건넬 때 뭔가 느껴졌던 것은 분명해요.

그렇군요. 고마워는 하는 것 같았나요?

– 나도 힘든데 그런 표정까지는 보려고 하지 않았어요. 한 번은 내가 힘들어 하니까 자기가 가지고 있던 사탕을 주더군요. 고마워, 큰소리로 말해 줬지요.

참으로 크나큰 인내입니다.

참으로 무지막지한 낙관적 믿음입니다.

하지만 그 가운데서, "종주 중반을 넘어 소백산에 이르렀을 때/ 뭔가 얼굴빛이 달라지기 시작"합니다. 물론 변화란 게 고작 "사진을 찍을 때 카메라를 쳐다본다/ 간식을 건네주니 오호라– 처음으로–/ 선생님 드실 것은 있냐고 되묻는다/그 산에서 일출(日出)을 맞이할 때/ 아이 입에서 터져나왔다, 너무 멋있어요!" 정도입니다. 하지만 민감한 생명적 감수성을 가진 선생님은 "17년 인생에서 처음 이 세상을 향해/ 내뱉은 말, 너무 멋있어요!/

온 세상에 아침놀 퍼졌다"고 느낍니다. 아이는 생명 나눔의 관계로 처음 선생님을 긍정하는 말을 흘려보냈고, 이 세상을 긍정하는 말을 한 것입니다. 그 기간 동안 선생님과 어른 그리고 이 세상에 대한 부정(否定)과 사투를 벌여 생명의 숨통을 트고, 비로소 생명 나눔의 관계를 개통한 것입니다. 물론 이런 계기를 거치고도 힘든 변화의 과정은 계속될 것이지만 그래도 생명 나눔의 관계가 설정되었기에 선생님 마음은 놓입니다.

이렇게 선생님들은 아이 전부를 품어 생명 나눔의 관계를 만듭니다.

다음 시를 읽겠습니다.

센터 선생님들은 엄마다

박희주

모범생이다

학교 갔다 오면 차분히 숙제하고

혼자서 스케줄 관리도 잘 하고

모든 사람에게 상냥한

정말 나무랄 데 없는 그래서

초등학교 2학년이라고 믿어지지 않는 아이인데

몇 개월 지나고부터 툭하면 울더란다

하루에도 서너 번씩

여기까지 말이 나오자 고참 선생님들이

뭔가 알겠다는 듯이 고개를 끄덕이고 이어지는 말

그 아이는 1년 전에

아버지와 남동생이 보는 앞에서

무기력증에 빠진 엄마와

집에서 쫓겨났다는 것이다

들고 있던 선생님들이 이구동성으로

센터에서는 쫓겨나지 않는다는 것을 알아

감정을 드러내기 시작한 것이니

실컷 울도록 내버려두고 자주 안아주어야 한다는

등등의 말이 나오다가

빵! 웃음 터졌는데

오늘 한 아이가 뛰어와

눈을 동글동글 굴리며 신기하다는 듯이

선생님, 오늘 4명이나 울었어요 했다는―

센터는 학교가 아니라 엄마다

"자주 안아줘야 한다"는 말을 돌봄의 기술로 받아들인다면 아직 사회적 엄마의 길로 들어서지 못한 탓입니다. 그것은 돌봄의 기술이 아니라 생명 나눔을 바라는 자의 적극적 사랑입니다. 생명을 더 생생하게 하고 활기차게 하는 생명 나눔의 사랑입니다. 그런 사회적 엄마들이 아이들에게 "센터에서는 쫓겨나지 않는다"는 신뢰를 만들기에 아픔을 드러내고 치유하며 생명 나눔의 웃음꽃을 피우는 것입니다. 그래서 "센터는 학교가 아니라 엄마다"고 하는 것입니다, 품어 주는!

자기구속, 온전히 품어서 비로소 자유롭다

송아름 「우린 귀머거리일지 모른다」
오철수 「그 노랑 질경이꽃, 박희주 선생님」

센터 선생님들은 아이들을 골라 품을 수 없습니다. 있는 그대로의 아이를 '아, 그게 너구나!'라고 긍정하며 품어야 합니다. 또 품고는 '견딘다'고 해야할만한 상황들을 겪어야 합니다. 아이들의 어려운 환경이 배양한 문제 행동들이 어떤 상황에서 어떻게 튀어나올지 모릅니다.

다음 시를 읽겠습니다.

우린 귀머거리일지 모른다

송아름

중학교 3학년 여자아이가
이야기 도중에 선생인 나에게
에이, 씨발년아 소리치고는 센터 밖으로 뛰쳐나갔다

어이없는 이 장면을

아이들도 다 보고 있었다

밑도 끝도 없는 수치심이

나를 삼켜버리는 그 순간

잘 대처해야 한다 잘 대처해야 한다는 생각이

너무나 큰 소리로 울려

몇 달간 귀가 먹먹했다

센터 선생노릇을 하고 있는 동안

어쩌면 나는 귀머거리일지 모른다

나를 보고 있던 겁먹은 아이들을 지키는

일어나서는 안 되는 일이지만 어쨌든 센터의 가슴 아픈 현실입니다. 제가 '센터의 가슴 아픈 현실'이라고 말한 것은 상황을 과장하기 위한 것이 아니라, 실제로 모임에서 이 시를 함께 읽었던 일곱 분의 센터 선생님 중에 이와 같은 일을 안 당해 본 선생님이 없었다는 사실 때문입니다. 기막힌 일이지만 이것이 센터의 현실입니다. 어린 나이에 감당하기 힘든 상처를 입은 아이들이 어떤 식으로 왜곡된 감정 표출을 할지 아무도 모릅니다. 인과적 맥락을 알 수 없게 터져 나오는 분노를 이해할 수 없는 것입니다.

그런데도 선생님은 도망치거나 회피하지 않습니다. 총알을 맞고 가슴에 구멍이 뻥 뚫렸는데도 "잘 대처해야 한다 잘 대처해야 한다"는 생각을 되뇌입니다. 그 부상으로 하여 "몇 달간 귀가 먹먹"합니다. 그런데도 이 미련하신 사회적 엄마는 이해하려 하고 기다리고 다시 품으려고 합니다. 이제 경력 3년째인 송아름 선생님도 "센터 선생노릇을 하고 있는 동안/ 어쩌면 나는 귀머거리일지 모른다/ 나를 보고 있던 겁먹은 아이들을 지키는"이라고 생각합니다. 어디에서 그런 용기가 생겨나는지 정말 경이롭습니다. 제 막연한 생각으로 품는 생명 나눔의 힘일 거라고 추측됩니다만 그 일로 거듭날 수 있었던 기회를 가져 보지 못한 저로서는 그저 존경스러울 뿐입니다.

선생님들께 물었습니다.

이렇게 욕하고 뛰쳐나간 놈은 어떻게 돼요?

— 얼마 안 가서 다시 옵니다.

사과는 하나요?

— 하는 아이도 있고 그냥 미안한 표정으로 뭉개는 아이도 있습니다.

어쨌든 다시 보면 어떤 생각이 들어요?

— 마음은 상해도 안쓰러운 생각이 들어요. 어쩌면 그 아이야말로 가장 약한 아이예요. 자신이 입은 지난날의 상처에 붙잡혀 행동하는 아이이니 안 그럴 수 없는 거지요.

어떻게 해야 하나요?

— 우리들도 딱히 방법이 없습니다. 유일한 방법은 더 강하게 품는 거예요. '그게 너구나'라고 전면적으로 긍정하며 온전히 품는 것!

저는 이 말을 '사회적 엄마는 아이들을 더 강하게 품음으로써 자유로워진다'는 말로 이해합니다.

예를 들어 보겠습니다.

위의 시에서와 같은 부담스러운 아이를 받아들여야 할 때, 선생님에게는 어떤 태도가 가능할까요?

우선 안타까운 경우로, 피할 수 없다는 것을 알면서도 계속해서 피하려고만 하는 태도가 있을 수 있습니다. 이미 말했듯이 센터 선생님은 아이들을 받아들이는 것에서 시작되는 것인데 그 시작 자체가 어려운 상태입니다. 물론 이분들도 처음에는 품으려고 마음을 굳게 먹었을 것입니다. 하지만 몇 번의 불화에 많이 지쳤을 것입니다. 이럴 때는 한걸음 떨어진 일을 하며 쉬어야 합니다. 몸과 마음에 일어난 흙탕물은 가라앉혀야 합니다. 피로한 몸과 마음은 부정적이 되기 쉽고, 생명 나눔에 꼭 필요한 긍정의 힘을 사그러들게 합니다. 아이들을 부정적으로 대하게 된다고 생각해 보십시오. 그것은 서로에게 고통입니다. 어머니들이 자식을 대할 때 어떤 경우에도 부정적이지 않으려고 노력하듯이, 사회적 엄마도 자신에게서 피로의 기미가 보일 때는 빨리 다잡아야 합니다. 늘 품을 수 있게 각성되어 있어야 합니다.

두 번째의 경우는, 어쩔 수 없기 때문에 받아들이는 태도도 가능할 것입니다. 나는 품어 주는 사람이니 의무로 그렇게 하겠다는 태도입니다. 늘 일손이 모자라는 센터의 현실적인 사정으로 보아 이런 마음도 일단 고맙습니다. 하지만 생명 나눔이라는 일의 특성상 수동적인 태도는 아이들에게 부정적 영향을 끼치게 됩니다. 왜냐하면 생명 나눔의 다른 주체인 아이들도 생명적 느낌으로 선생님의 상태를 다 느끼기 때문입니다. 피동적이고 사무적인 일처리는 아이들을 움츠러들게 하고 눈치 보게 하고 죄의식을 갖게 합니다. 그렇기에 선생님도 오래 버틸 수 없습니다. 상식적인 이야기지만 사랑은 능동적이고 적극적 행위입니다. 내가 가진 생명적 힘을 나눠 주면서 함께 즐거워하는 아주 귀한 자연적 선물입니다. 그런 능동적 힘이 사라진 관계는 생명적 관계가 아니라 사물적 관계가 됩니다. 그렇기에 제대로 된 생명 나눔을 할 수 없습니다. 이런 태도가 종종 희생적인 이타적인 사랑의 겉모습을 띠기도 합니다만 썩 좋은 것이라 할 수는 없습니다.

세 번째의 경우는, 능동적으로 받아 안는 태도입니다. 이때 능동성은 생명적 관심에서 자신을 활짝 열고 아이에게 손을 뻗치는 특성입니다. 그렇기에 아이에 대해서도 있는 그대로 보고 느끼며, '아, 그게 너구나!' 하며 전폭적으로 긍정하는 태도를 취합니다(참고로 이와 반대되는 방식은, 내가 가지고 있는 편견으로 아이를 보는 것입니다. 결국 아이를 보는 것이 아니라 자신을 보는 경우입니다만, 정작 본인은 과학적이고 객관적으로 본다고 생각합니다). 생명 나눔의 조건이 만들어지는 것입니다. 이런 관계에서는 '우리'가 더 중요하게 되고, 내가 그를 품음으로써 스스로도 새롭게 긍정됩니다. 이런 모습이 센터의 고참 선생님들이 보여 주는 능동적인 사랑입니다. 있는 그대로의 아이를 긍정하고 품는 행위를 통해 새로운 자기를 결정하고 생명 나눔의 '우리'가 되는 것입니다. 그렇기에 이제부터 모든 활동의 목적은 '더 좋은 생명 나눔'이 됩니다. 관계에 문제가 생길 때도 회피하거나 수동적으로 받아들이는 방식을 취하지 않습니다. 오히려 더 강하게 품음으로써 안전을 구하려고 합니다.

그래서 첫 번째와 두 번째의 경우도 세 번째의 경우로 돌아와야 합니다.

생명 나눔의 관계로서의 품음은 모든 기준이 품음이라는 '우리'입니다.

아이들이 말썽을 부릴 때도 파괴적이지 않다면 더 강하게 품는 방도뿐입니다.

역설적으로 들릴지 모르지만 생명적 관계에서 일어나는 거의 모든 문제는 더 단단히 생명적 고리를 움켜 쥐는 것에 의해, 생명 나눔의 한 주체인 아이에게 스스로 구속되는 자기구속에 의해 오히려 자유로워지는 것입니다. 그래서 송아름 선생님이 황망한 일을 당해서도 도망치지 않고 오히려 "센터 선생노릇을 하고 있는 동안/ 어쩌면 나는 귀머거리일지 모른다/ 나를 보고 있던 겁먹은 아이들을 지키는"이라고 생각했을지 모릅니다.

아이들과 더 생명적 관계를 만들어가는 수밖에 없는 것입니다.

다음 시를 읽으며 '더 강하게 품어 자유로워진다'는 말을 생각해 보겠습니다.

그 노랑 질경이꽃, 박희주 선생님

오철수

첫 태풍 지난 다음 날
노랑 질경이꽃 핀 걸 보았느냐
조그마한데도 선명하게 웃어재끼는

장한 아름다움

그에게 물어보라
무섭지 않았냐고
그에게 들어보라
내 일이 아니라면 어떻게 그 바람이 나에게 올 수 있으랴
하고 말하는 그 소릴!

태풍 지난 들판의 모든 꽃에게 듣는다
나에게 온 일을
사랑해버리는 것 말고
어찌 삶을 아름답다고 말하리

　질경이꽃은 태풍을 어떤 마음가짐으로 만났습니까? 그 가녀린 꽃은 온몸으로 태풍 속에 들어서는 만남을 행했습니다. 또 들어갔기에, 들어가서 함께 요동쳤기에 오히려 안전을 구했습니다. 만약 껄끄럽거나 뻣뻣한 마음이 조금이라도 있었다면 바로 그 부분에서 꺾여 버렸을 것입니다. 또 주어진 운명이거니 하며 수동적으로만 흔들렸다면 극도의 피로감으로 하여 "조그마한데도 선명하게 웃어재끼는/ 장한 아름다움"이지는 못했을 것입니다.
　질경이꽃도 질풍노도 앞에서 선생님들처럼 고민 많았을 겁니다. 때론

무서웠을 겁니다. 피하고도 싶었을 겁니다. 하지만 다른 길이 없다는 것을 누구보다 잘 압니다. 다른 길이 없다는 것을 알면서도 그 궁리를 하는 것은 소모적입니다. 내 일로 받아들여야 합니다. 그 앞에서 "내 일이 아니라면 어떻게 그 바람이 나에게 올 수 있으랴"라고 받아들이면서 사건으로 뛰어들고, 뛰어들 수 있도록 스스로를 해방하는 것입니다. 이것이 자임(自任)함으로 자유롭게 되기이고 해방되기이고 아모르파티라고 하는 것입니다. 내 일이어서 다른 누구에게도 아닌 나에게 온 것이라면, 내 일로써 능동적으로 사랑해버리는 것입니다. 나에게서 나아가는 사랑이게 만드는 것입니다. 태풍을 넘어온 들판의 모든 꽃들이 말합니다. "나에게 온 일을／ 사랑해버리는 것 말고／ 어찌 삶을 아름답다고 말하리." 많은 어려움을 겪으면 이 자리까지 오신 고참 선생님들이 이렇게 말합니다. "나에게 온 일을／ 사랑해버리는 것 말고／ 어찌 삶을 아름답다고 말하리." 젊은 송아름 선생님도 "센터 선생노릇을 하고 있는 동안／ 어쩌면 나는 귀머거리일지 모른다／ 나를 보고 있던 겁먹은 아이들을 지키는"이라고 말하며 "나에게 온 일을／ 사랑해버리는 것 말고／ 어찌 삶을 아름답다고 말하리."라는 길로 들어서는 것입니다.

선생님들, 우리를 축복하는 자 우리입니다.

어쩌면 우리는 이 길에서 지쳐 나가떨어질 수도 있습니다. 하지만 우리는 성심껏 사랑했기에 우리의 사랑은 성공한 것입니다.

'아이들도 다 안다'에서 출발한다

아이의 생명적 힘을 철석같이 믿는다

생명의 힘을 믿는 긍정의 예술가다

비빌 언덕이 되어준다

아이들은 성장 변화한다

센터는 아이들에게 조그마한 마을이다

2장

아이의 생명력을 믿는다

┃ '아이들도 다 안다'에서 출발한다

꿈두레교사 공동창작 「선생님의 시작」
김금자 「나는 다 알아요」/ 구현회 「엇, 들켰다」

아이들도 저 나름대로 저만의 방식으로 이 세계에 대해 알고 있습니다. 선생님이나 어른들만 알고 있는 것이 아닙니다. 그리고 선생님이나 어른들이 알고 있는 것도 그들의 방식으로 알고 있는 것에 불과합니다. 어쩌면 아이들은 선생님들보다 더 리얼하고 더 정직하게 세계에 대해 알고 있을지 모릅니다. 왜냐하면 아이들은 어른들처럼 개념으로 알아가는 것이 아니라 삶 속에서 제 몸으로 느끼고 생각하며 알아가기 때문입니다.

그래서 아이들과 함께할 때는 무조건 '아이들도 다 안다'는 사실에서 출발해야 합니다. 그래야만 생명 나눔의 관계가 성립됩니다. 나눌 수 있어야 줄 수도 있는 것입니다(나눌 수 있는 관계가 설정되지 않으면 선의로 주는 행위도 주는 것이 아니라 그의 귀중한 생명력을 억압하는 것일 뿐입니다).

다음 시를 읽으며 생각해 보겠습니다.

선생님의 시작

꿈두레교사 공동창작

초딩들이

임창정 노래 〈내가 저지른 사랑〉를 합창하고 있을 때─

아이들에게 간다

마이크를 들려준다

볼륨을 최대로 키운다

함께 노래한다

아이들 그 째지는 고음까지

가까스로 올라가

비로소

아이에게로 내려온다

이럴 수 있는 선생님들께 우선 경의를 표합니다.

저도 이 시를 읽고 〈내가 저지른 사랑〉이라는 노래를 찾아서 처음 들어 봤습니다. "떠나거든, 내 소식이 들려오면 이제는 모른다고 해줘. 언제나 내 맘속에서 커져만 갔던 너를 조금씩 나도 지우려 해. 사랑해라고 말하고 싶었지만 늘 미안하다고만 했던 나. 잊고 잊혀지고 지우고 처음 만난 그때가 그리워진 사람. 다시 못 올 몇 번의 그 계절. 떠나버린 너의 모습을 지우고 버리고 비워도 어느 새 가득 차버린 내 사랑…". 이런 식의 긴 가사를 가진 노래입니다. 그 노래를 초등학생들이 떼창 합니다.

어른들이 이 모습을 본다면 어떤 반응을 보일까요?

모르긴 몰라도 터무니없어하며 '시끄럽다!'고 소리쳤을 것입니다. 저도 그런 사람 중에 한 명이었을 겁니다.

그런데 사회적 엄마는 그것을 긍정하며 거기서부터 시작합니다.

그러면 나와 달리 센터 선생님이 그렇게 할 수 있었던 까닭은 무엇일까요?

첫째, 사회적 엄마는 아이들이 어떤 식으로든 자기를 표출하는 것은 '살아 있는 것'이고, 살아 있는 것은 무조건 좋은 것이라는 '생명 긍정'을 할 수 있었기 때문입니다. 물론 이렇게 말하면 그게 뭐 그리 대단한 것이냐고 말할 수도 있습니다. 하지만 "초등학교 1학년인데/ 팬티를 입어야 한다는 것도/ 양치질이라는 것이 있는 줄도/ 모르는 아이였다// 센터에 와서 밥만 먹었다/ 모든 신경이 밥시간으로만 가있다/ 책을 붙들고 있는 것도/ 오직 밥을 위해서다"(「살 수 있는 아이가 되다」에서)는 상황과 한번이라도 마주한 사람이라면 아이들이 떼창을 불러 대는 모습을 다른 어떤 고려 없이 '생명적 모습'이라고 긍정할 수밖에 없는 것입니다.

둘째, 사회적 엄마는 지금의 상태를 있는 그대로 긍정하는 것에서부터 관계가 시작된다는 사실을 알기 때문입니다. 그러니 예를 들어, 이 노래가 교육적으로 아이들에게 맞니 안 맞니 따지는 것은 이미 일어나고 있는 일(떼창을 하는 사건)과 그 아이들에 대한 부정이라는 것을 아는 것입니다. 함께할 관계도 정립하지 않고 교육을 말하는 것은 적당하지 않습니다. 그

것은 편견을 상례화하는 것일 뿐입니다. 하나의 주체로 아이들을 인정하고 관계를 설정하는 일은 바로 지금 있는 그대로를 받아들이고 거기에서 시작하는 것입니다.

셋째, 선생님들은 아이들이 부르고 있는 노래의 의미를 그 아이들이 나름대로 알고 있다고 확신하기 때문입니다. 아이들이 삶에서 겪은 구체적인 경험과 그 유비적 전이(轉移)를 통해 나름 그리고 저만의 방식으로 가사를 다 알고 있다는 것입니다. 연애하고 헤어진 어른들만 알고 아이들은 모른다고 생각하는 것이야말로 '어른들의 동화의 세계'에 갇혀 있는 것입니다. 물론 아이들에겐 과한 내용이 없지 않지만 '아이들도 다 안다'는 사실을 결코 무시해서는 안 됩니다. 이 아이들을 보십시오. 〈센터 4학년 공부시간/ 뜬금없이 한 녀석이 옆에 앉은 아이에게/ "너도 엄마 없지? 너 엄마 돌아가셔서 많이 울었던 거 기억나?"/ 그 소리를 듣더니 앞에 앉은 녀석이 묻는다./ "너도 엄마 없냐? 나도 엄마 없는데"/ "우리엄마는 나 여섯 살 때 이혼하고 나갔어. 내가 울면서 가지 말라고 했는데도."/ "우리엄마는 3살 때 나가서 한 번도 못 만났어. 그래도 니네 엄마는 만나주기라도 하지. 우리엄마는 왜 만나러도 안 오는 걸까?"/ 여섯 명 중에 엄마 있는 녀석이 하나도 없다〉(김보민 「엄마는 어디로 갔을까」에서). 과연 이 아이들이 임창정의 그 사랑노래를 이해하지 못할까요? 이런 말 하는 것이 가슴이 아플 정도로 아이들은 더 뼈저리게 이해하고 공감할지 모릅니다.

사회적 엄마는 이런 이유로 "아이들에게 간다/ 마이크를 들려준다/ 볼륨을 최대로 키운다/ 함께 노래한다/ 아이들 그 째지는 고음까지/ 가까스로 올라가"는 '함께'가 되고, 나눔에서 "비로소/ 아이에게로 내려"오는 것입니다.

다시 한 번 말합니다.

아이들은 결코 미성숙하지 않습니다.

아이들도 어른들처럼(혹은 어른보다 더 충실하게) 나름대로의 근거를 가지고 '다 알고 있다'의 한 주체입니다. 물론 어른보다 생 경험이 적은 것은 분명하지만 꼭 그만큼의 생 경험으로 자기가 살 수 있는 자기 세계를 구성합니다. 그렇기에 그 자체로 완전한 앎의 존재임을 인정하는 것에서 출발해야 합니다. 이것이 "선생님의 시작"입니다. 아이―주체와 선생님―주체가 만나고 나누는 시작!

센터 선생님의 시는 아니지만 읽으며 생각해보겠습니다.

나는 다 알아요

김금자

네 살배기 애가 뭘 잘못 했는지

이것이 아무것도 모르면서 함부로 만진다고

제 어미가 큰소리를 내는데

손녀가 울면서 항변하듯

나도 알아요 나도 알아요 한다

우는 아이 달래려고 밖으로 나왔는데 비가 조금씩 내린다

손녀가 고개를 들고 하늘을 쳐다보며

할머니, 땅이 목말라서 비가 오는 거예요 한다

그걸 어떻게 알지 물으니

난 보면 알아요

보세요 저 나무도 비가 와서

좋다고 팔을 흔들잖아요

그래서 나는 다 알아요

아이의 얼굴이 펴지며 훨씬 가벼워진 듯한데

참 신성한 말이다

누구나 다 알고 있다 제 세계를

　"나도 알아요 나도 알아요", "난 보면 알아요", "그래서 나는 다 알아요"라는 말을 곰곰이 생각해 봅니다. 이 말은 엄마의 앎에 의해 자기가 부정당했기에 항변하듯이 한 말입니다. 그런데 참 절묘한 것은, 손녀의 그 '앎'이란 것이 어른의 '앎'에 대해 반성하게 한다는 점입니다. 할머니 눈에는 손녀의 앎이 더 진실되고 "참 신성한 말"로 여겨집니다. 이유는, 어른의 앎에는 터무니없게도 이미 '이렇게 해야 한다'는 명령이 포함되어 있기 때문입니다. 실제로 "아무것도 모르면서 함부로 만진다고/ 제 어미가 큰소리"를 냈다는 구절에서, '아무것도 모른다'와 '함부로 만진다'와 '큰소리를 낸다'는 세 국면은 쉽게 그리고 자연스럽게 연결될 수 있는 성질의 것들이 아닙니다. 왜냐하면 '아무것도 모른다'는 앎의 문제이고, '함부로 만진다'는 행위의 문제이고, '큰소리를 낸다'는 가치판단에 의한 표현문제이기 때문입니다. 이것이 인과적으로 쉽게 연결된다는 것이 오히려 신기한 일입니다. 신기한 만큼 부당한 힘이 개입된 것입니다. 하지만 우리는 그를 당연하게 받아들이며 삽니다. 당연하다는 것은 습관이 되어서일 겁니다. 예를 들어 '학생이면 공부나 해야지' 하는 식으로 말입니다. 그런데 "나도 알아요"라는 말이 그런 어른들의 습관에 제동을 걸고, 그런 앎에 대해 고쳐 생각하게 합니다.

"우는 아이 달래려고 밖으로 나왔는데 비가 조금씩 내린다/ 손녀가 고개를 들고 하늘을 쳐다보며/ 할머니, 땅이 목말라서 비가 오는 거예요 한다/ 그걸 어떻게 알지 물으니/ 난 보면 알아요/ 보세요 저 나무도 비가 와서/ 좋다고 팔을 흔들잖아요"라는 예를 생각해 보십시오. 어른들은 아이들의 이런 앎을 동화(童話) 같다고 말할 것입니다. 까닭은 처음부터 끝까지 주관적이고 환상적이기 때문입니다. 그렇다면 어른들이 비 오는 것을 객관적이고 과학적으로 말한다고 해서 아이의 동화 같은 요소가 없는 것일까요? 그것이 정말 객관적이고 과학적인 것일까? 그렇지 않을지도 모릅니다. 실제로 비가 오는 연유, 그 수많은 인연을 우리가 어떻게 알 수 있으며 설명할 수 있겠습니까. 그것 역시 인과성에 기초한 패러다임이라는 믿음에 근거한 설명일 뿐, 그래서 어른들의 동화일 뿐입니다. 오히려 자기의 앎을 객관적이고 과학적이라고 말하며 '옳고/그름'이라는 틀을 앞세우는 것이 더 큰 문제일지 모릅니다.

그래서 손녀의 "나도 알아요"라는 말에는 1) 앎은 나에게서 파생하며, 2) 앎은 모두 자신의 동화 같은 세계를 구성하며, 3) 앎은 나누는 것이지 침해

하는 것일 수 없으며, 4) 앎은 옳고 그름의 판별이 아니라 삶의 풍요에 봉사해야 한다는 본성적 생각이 배어 있는 것입니다. 그래서 "나도 알아요"라는 말을 시인은 "신성한 말"이라고 합니다. 우리가 살고 있는 이 세계란 바로 그 신성함의 수많은 세계들이 서로를 나누는 곳이라는 생각을 한 것입니다.

이렇게 아이들도 저답게 꽉 찬 앎을 가지고 있습니다.

아니 아이든 어른이든 우리는 모두 "제 세계를" 갖고 있고, 그렇기에 자신을 제외한 무수히 많은 '다른 세계'를 인정해야 하고, 저마다 실재(real)의 그 세계를 다른 세계에 함께 나누며 풍요를 지향해야 합니다. 이것이 진짜 만나는 것입니다.

다시 한 번 말합니다.

아이들도 완전한 앎의 주체, 다 아는 존재입니다.

어른이란 이 사실을 알 때 비로소 어른이 '되는' 것입니다(그러니 나이만 먹은 어른이 얼마나 많은가!) 이렇게 어른이 됨으로서 아이−주체와 선생님−주체의 관계가 성립되고, '아이들과 함께 성장하는' 사회적 엄마가 되는 것입니다.

그래서 사회적 엄마는 앎이 달라도 함께 나누는 풍요를 실천합니다.

다음 시를 보며 생각해 보겠습니다.

엇, 들켰다

구현회

초등학교 1학년인데요

늘 조금씩 늦게 와요

떡볶이를 먹었으면 입가에 떡볶이를 묻혀 오고

사탕을 먹으면 사탕을 묻혀 오고

잠자다 오면 눈곱을 꼭 달고 오는데요

매일 안아주면서 인사를 하는 선생님이

'너 뭐 먹고 왔니?' 하고 물으면 '아니요'라고 하고

입가에 묻은 걸 보고

'떡볶이 먹었구나?'하면 '엇, 들켰네'라고 해요

일 년이 다 되가는데도 아직도

조금씩 늦게 오고 '아니요' '엇, 들켰네'를

반복하고 있는 중인데요

어쩌면 그놈 내일은 또 뭘 먹고 와서

예쁜 선생님께 관심을 받을까 생각할지도 모르지요

선생님 눈에는 분명 요놈이 "예쁜 선생님께 관심을" 받으려고 그러는 것으로 보일 것입니다. 틀리지 않은 생각입니다. 아이도 오늘을 무엇을 가지

고 관심을 받을까 생각했을 것입니다. 그런데 아름다운 것은, 둘이 각자 다른 생각을 하고 있으면서도 일 년 동안 즐거운 생명 나눔을 하고 있다는 사실입니다. 그리고 그 생명 나눔이 놀이가 되고 두 주체의 삶에 어떤 즐거운 리듬을 주기까지 합니다. 그리고 더 중요하게는 그 순간에 긍정의 풍요를 느낀다는 점입니다. 아이도 그 순간의 선생님의 표현과 행동에 오감을 열고 반응하고 선생님 또한 그렇게 반응하는 것입니다. 서로가 서로를 전폭적으로 긍정하며 그 순간 속으로 긍정적 생명의 힘이 흘러가게 하는 것입니다. 그래서 이 장면을 '아이가 낮은 수로 선생님을 속이려는 장난을 한다'고 생각하면 정말 잘못된 생각입니다. 아이에게 중요한 것은 속이려는 게 아니라 선생님과 생명적 관계를 나누는 일이며, 그를 '놀이'로 생각하고, 그것이 만드는 삶의 '즐거운 리듬'을 자기 몸을 흘려 보내며, 그 순간 선생님을 생생하게 느끼는 기쁨을 즐기는 것입니다. 아이는 아이 차원에서 선생님을 온전히 느낀 것입니다. 선생님도 일 년 동안 그래 준 것으로 보아 속아주는 것을 인내한 것이 아니라 '놀이'로 생각해 주고, 그 놀이가 주는 삶의 '즐거운 리듬'을 통해 그 순간 아이를 생생하게 느끼는 기쁨을 나눈 것입니다. 서로 달랐지만 아이도 아이 나름으로 다 알고, 선생님도 선생님 나름으로 다 알면서 "매일 안아주면서 인사를" 나눴던 것입니다.

이렇게 자기의 삶을 서로 나누는 생명 나눔을 한 것입니다.

그렇다면 앎이 다르다고 하여 부딪히기만 하는 것은 결코 아닙니다. 부딪히는 것은 앎이 달라서라기보다 자기 앎만 귀하게 생각하기 때문에 생겨나는 현상입니다. 오히려 생명적 풍요는 차이를 나누는 것에서 얻어지는 것입니다. 아이도 아이 나름으로 다 아는 주체이기에 정당하게 선생님 자신을 나누어야 합니다. 생명 나눔으로서의 돌봄은 바로 이런 전제에서 출발하는 것입니다.

정말이지 아이들이라고 불완전하고 모자란다고 생각하면 안 됩니다.

아이들도 어른들처럼 나름의 근거를 가지고 '다 알고 있다'의 한 주체입니다. 그것을 인정하는 것이 아이-주체와 선생님-주체의 관계가 시작되는 지점입니다.

아이의 생명적 힘을 철석같이 믿는다

꿈두레교사 공동창작 「살 수 있는 아이가 되다」
김제윤 「난 왜 눈물이 났을까?」
허은정 「위태로운 열여섯」
김보민 「자전거가 한 소년을 살리고 있다」
안오일 「종자들의 지론」

생명적 힘의 특성이 무엇입니까?

– 자기 생명을 한껏 펼치려는 것입니다.

사회적 엄마는 아이라는 생명이 온 힘을 다해 살려고 한다는 것을 잘 압니다. 조건이 매우 안 좋을 때도 저로서는 최선을 다해 삶 쪽으로 발버둥치고 있음을 압니다. 물론 센터에 오게 되는 아이들 중에는 너무 일찍이 깊은 상처를 받은 채로 오래 방치된 경우가 많습니다. 그래서 학교에서 악명을 떨치는 유명 악동들이 적지 않습니다. 그럼에도 사회적 엄마는 그 악명이 비록 왜곡된 형태이긴 하지만 자기 삶을 보존하기 위한 몸부림이라고 확신합니다. 아이의 생명적 힘을 믿는 것입니다. 그 힘이 있다면 더디더라도 건강을 회복할 것이라고 믿습니다.

다음 시를 읽겠습니다.

살 수 있는 아이가 되다

꿈두레교사 공동창작

초등학교 1학년인데

팬티를 입어야 한다는 것도

양치질이라는 것이 있는 줄도

모르는 아이였다

센터에 와서 밥만 먹었다

모든 신경이 밥시간으로만 가있다

책을 붙들고 있는 것도

오직 밥을 위해서다

그런 놈이 6학년이 되었는데

대여섯 명 패밀리의 리더가 되어

온갖 사고를 치고 다닌다

아이가 쓴 〈용서〉라는 제목의 짤막한 글 내용이

"모든 슈퍼아줌마들에게 용서를 받고 싶다"였으니

센터 선생님들도

고개를 절레절레 흔들지만

이젠 이 세상에 말할 수 있다

살 수 있는 아이가 되었다고

12살 인생 동안 보호자가 7번이나 바뀌었던

그 삶은

사회적 눈으로 보면, 1학년부터 시작해 6학년이 된 6년 동안 이 아이는 거듭 잘못 성장한 것입니다. 실제로 센터 선생님들도 고개를 절레절레 흔들 정도입니다. 하지만 센터 선생님의 눈에는 다른 면이 보입니다. 생명적 힘을 찾아가는 모습입니다. 무기력 상태에서 기력 상력로! 비록 그 힘이 왜곡된 형태로 드러나고 있지만 생명적 관심과 사랑의 눈에는 "이젠 이 세상에 말할 수 있다/ 살 수 있는 아이가 되었다"는 사실, 그 거룩한 성장이 보이는 것입니다. 이제 그 왜곡된 형태의 기력을 건강하게 바꾸면 됩니다. 사회적 엄마가 6년을 믿고 기다려 지금에 이르렀는데 까짓것 또 건강한 생명으로의 변화를 믿으며 6년인들 더 못 기다리겠습니까. 그래도 그 아이 심중에 "모든 슈퍼아줌마들에게 용서를 받고 싶다"고 쓸 줄 아는 건강한 생명의 자리가 있는데 말입니다.

그래서 생명적 관심에서 출발한 적극적인 사랑은 포기할 수 없는 것입니다. 그 아이의 생명적 힘을 믿어 보는 것입니다. 그리고 달리 길이 없음도 잘 압니다.

하지만 다음 시를 읽으면 더욱 믿음이 생길 것입니다.

난 왜 눈물이 났을까?

김제윤

학교에서 악명을 떨치던

5학년 쌍둥이가 센터에 왔다

처음 가정방문을 가는 초여름

얼음과자라도 먹으면서 언덕을 오르려는데

대형마트에서도 못 사게 하고

편의점에서도 못 사게 하더니

집 근처, 구멍가게라고 부르기에도

허름한 곳으로 데리고 간다

돈을 내밀기도 민망한 할머니에게

값을 지불하고 다시 걸으면서 물었다

왜 종류도 적어 고를 수도 없는 여기에서 사니?

– 혼자 사는 할머니를 도와주고 싶어서요

왜 우리가 이 아이를 못 믿어야 합니까? 물론 못된 짓만 골라서 하는 아이이긴 합니다만, 그래서 자기 존재가 사회적으로 거의 전면적으로 부정당하는 데도 혼자 구멍가게를 하며 사시는 할머니를 도와주고 싶어 합니다. 선생님을 끌고 다니면서도 굳이 그 가게로 갑니다. 선생님이 얼마 되지 않는 얼음과자 값을 치를 때 그 악명의 쌍둥이 마음이 얼마나 놓였겠습니까. 사회적으로는 온갖 문제 덩어리처럼 보지만 이런 생명 나눔의 지향을 마음자리로 가지고 있는 아이입니다.

그래서 사회적 엄마는 그냥이듯 아이의 생명적 힘을 믿고자 합니다.

실은 이 아이들보다 더 안타까운 경우는 삶의 기력을 반쯤 잃은 채 오랫동안 회복하지 못하는 아이들입니다. 기력이 회복될 때까지는 별 수 없이 품고는 있지만 정말 가슴 아픕니다.

위태로운 열여섯

허은정

중3 남자아이인데

급식에서 버섯만 골라낸다

그러면 모두가 다 알고 있는 말

'너 그러면 최유정이 싫어할 텐데' 한다

중3 남자아이인데도 그 말에

골라놓은 버섯을 우적우적 먹는다

최유정이 좋아한다면 하고 싫어한다면 안 한다

중3인데 어떻게 그럴 수 있을까 싶지만

진짜 그런다

누구도 알 수 없는 공허 대신

최유정을 선택하고

믿고 따르는 바보스러움으로

지탱하는

위태로운 열여섯

(* 최유정은 I.O.I 가수이다.)

그 아이를 보는 선생님 마음이 얼마나 아프겠습니까. 하지만 선생님은 그 아이의 아픔이 얼마나 클 것인지에 대해 어떤 말도 할 수 없습니다. 왜냐하면 "누구도 알 수 없는 공허 대신/ 최유정을 선택"한 그 삶의 보존 방식에 대해 알 길이 없기 때문입니다. 그러니 도리 없이 위태로움에서 벗어날 삶의 기력이 회복되길 기다릴 뿐입니다. 할 수 있는 일이란 가능한 주위를 밝게 하고 활기찬 생명적 힘들이 넘실거리게 하는 것입니다. 아이에게나 선생님에게나 참 어려운 시간입니다.

그럼에도 사회적 엄마는 기다립니다. 이유는, 아이의 생명적 힘에 대한 믿음을 신앙('믿음의 믿음')으로 가졌기 때문입니다. 특히 생명 나눔이 관계로 긍정의 생명적 힘을 흘려 보내는 것임을 알기에 끊임없이 생명적 힘을 클로즈업해서 아이에게 보냅니다. 언젠가는 아이의 생명적 힘이 화답할 수 있길 바라며 말입니다. 그걸 지치지 않고 하는 분이 사회적 엄마입니다. 생명적 힘이야말로 그 아이가 살아갈 삶의 밑천이고, 그걸 챙겨 주는 것이 당신의 사명이라고 믿는 것입니다.

이것이 사회적 엄마의 생명적 힘에 대한 무한한 믿음입니다.

다음 시를 읽으면 우리 마음이 밝아질 것입니다.

자전거가 한 소년을 살리고 있다

김보민

초등학교 4학년인데

한 번도 웃지 않는다

수업시간 문제를 풀 때도

연필로 종이에 구멍만 뚫고 있고

식사 때도 빨리 먹어치우고 마당으로 나가

혼자 구석을 지킨다

당연히 왕따여서

선생님들은 사회성프로그램에 보내자는 둥

2학년 때 어머니가 돌아가시고 할아버지와 단 둘이 살고 있는데

학교를 가지 않아 통장 아주머니가 붙잡아 오게 된 것이니

심리치료를 해보자는 둥

고민거리였던 그 아이

하루는 길을 가다가 눈 깜짝할 사이

세상이 환할 정도로 활짝 웃으며–

아아아아 소리까지 지르며―

전 속력으로―

달려가는 자전거를 보았는데 바로 그 아이였다

다음 날 넌지시 자전거 타고 어디를 가느냐고 물으니

처음으로 눈을 반짝이며

여의도까지 간다고 했다

군포에서 그 먼 여의도까지 씽씽 달리며

아이는 살아나고 있었던 것이다

이 시를 읽으면 기분이 좋아집니다. 그 아이의 황금빛 웃음이 눈에 보이는 듯합니다. "아이는 살아나고 있었던 것"이라는 말이 '이 얼마나 아름다운가, 생명 세계는!'이라고 삶의 세계를 긍정하는 신성(神聖)의 음성으로 느껴집니다. 생각해 보십시오. "초등학교 4학년인데/ 한 번도 웃지 않는다/ 수업시간 문제를 풀 때도/ 연필로 종이에 구멍만 뚫고 있고/ 식사 때도 빨리 먹어치우고 마당으로 나가/ 혼자 구석을 지킨다/ 당연히 왕따"인 아이입니다. 도대체 어떻게 관계를 맺어야 할지 난감합니다. 아이의 형편을 보아도 뾰족한 수 없습니다. 일단은 보호하면서 또래들을 느끼게 하는 수밖에 없는데 거기에서도 왕따입니다. 사회적 엄마에겐 힘든 나날일 것입니다. 하지만 기다리는 것이 대책일 때는 기다려야 합니다. 지금 그 아이가 보이는 행동 또한 살기 위한 혹은 자기 보존을 위한 매우 힘든 몸부림임을 의식하며 기다리고, 그의 생명적 힘을 느끼려고 노력해야 합니다. 모든 생명은 살려고 한다는 사실이 사회적 엄마의 유일한 믿음이라면 바로 그 '살려고 하는' 생명적 힘을 찾아야 합니다.

그 와중에 보게 됩니다. "하루는 길을 가다가 눈 깜짝할 사이/ 세상이 환할 정도로 활짝 웃으며-/ 야아아아 소리까지 지르며-/ 전 속력으로-/ 달려가는 자전거를 보았는데 바로 그 아이였다". 그 아이는 센터에 있던 아이와 완전히 다른 아이입니다. 그 아이는 지금 자기 생명의 힘을 느끼고 있습니다. 자기를 짓누르는 무거운 현실을 자전거 타는 행위를 통해 떨칩니다. 기력을 찾는 나름의 방식을 가진 것입니다. 자전거를 타는 순간은 스스로가 긍정되는 순간입니다. 그게 아이의 웃음이고 환호입니다. 생명이 스스로의 생명적 힘으로 자기를 긍정할 때의 모습은 정말 완전한 생명의 모습입니다(이런 예로, 아이가 자기 힘으로 뭔가를 이루고 스스로 잘했다고 느낄 때의 표정을 생각해 보십시오). 바로 그런 아이가 센터의 그 아이 속에 살고 있었던 것입니다. 그리고 오늘 그 '살려고 하는' 생명적 힘을 본 것입니다. 그래서 아이의 얼굴에 생명의 힘이 웃음으로 터지듯이 사회적 엄마의 얼굴에도 웃음이 돕니다. 드디어 생명적 기력을 회복하고 활기를 찾았구나! "군포에서 그 먼 여의도까지 씽씽 달리며!"

이렇게 생명은 제 생명으로 생명답고자 합니다.

사회적 엄마는 그것을 믿고 생명 나눔이라는 돌봄을 합니다.

하지만 아이들의 상처가 크고 깊을 때는 정말 힘듭니다. 긴 기다림이 필요하고, 아이의 생명이 건강을 회복하도록 성찰적인 생명적 감수성으로 돌봐야 합니다. 또 그 힘듦을 이기기 위해 사회적 엄마는 '생명적 힘에 대한 믿음'을 한 번 더 믿는, 이를 테면 두 번 긍정(이중긍정)하는 태도도 필요합니다. '나는 아이의 생명적 힘을 믿는다. 그리고 그렇게 믿는 내가 좋다'고 생각하는 것입니다.

어쩌면 돌봄의 시작과 끝은 아이에 대한 믿음일지 모릅니다.

다음 시가 이런 사회적 엄마의 믿음에 커다란 긍정의 힘을 불러일으켰으면 좋겠습니다.

종자들의 지론
안오일

처음 심어보는 마늘이지만
보란 듯이 해내겠다며 달려들었다
비닐구멍 속에 마늘을 열나게 박아 넣는데
어머니의 한 마디
―대가리 쪽으로 박아야 뿌리를 내리제

아차 싶었다 마늘을 깔 때
칼로 대가리를 따내던 생각을 하며
휙 돌아보니 맥이 딱 풀린다
저걸 언제 다시 심나

바닥만 보며 고른 숨 쉬어가듯 마늘을 박던 어머니

심중을 헤아린 듯 또 한 소식 던진다

—놔둬라 비 한번 맞고 나면

지그들끼리 자리를 잡을 것인께

이건 또 뭔 말인가 싶어 되물었다, 뭐라구요?

— 아 비 한번 맞아불믄 쳐들던 대가리도

지 몸 궁굴려 흙쪽으로 뿌리를 내린당께

죽을 놈들은 죽었지만 살 놈들은 어쩌코롬 살 것인께

아주 강력한 생명적 힘에 대한 예찬입니다.

어쩌면 우리가 돌보는 아이들도 이럴 것입니다. 처음 커다란 상처를 가지고 센터에 왔을 때를 지나 생명의 기운을 차리면 저마다 한 꼭지씩 합니다. 이전의 상처들을 스스로의 생명으로 이겨냅니다. 쉽지 않지만 건강한 생명에게로 스스로 나섭니다. 거꾸로 처박혔다고 '이제 죽었구나'라고 생각하지 않고 살려고 발버둥칩니다. 그래서 "아 비 한번 맞아불믄 쳐들던 대가리도/ 지 몸 궁굴려 흙쪽으로 뿌리를 내린당께/ 죽을 놈들은 죽었지만 살 놈들은 어쩌코롬 살것인께"라는 기적이 일어납니다. 사회적 엄마들은 이런 생명의 힘을 센터에서 많이 보고 느끼셨을 것입니다. 위에서 본 자전거 타는 아이도 그 중 하나입니다. 이런 기적 같은 부활을 일상적으로 보면서 사회적 엄마는 생명적 힘을 믿게 된 것입니다.

그래서 아이를 앞에 두고 나의 불안을 끌어들여 생명에 간섭하려고 하지 않습니다.

생명의 힘을 믿는 긍정의 예술가다

꿈두레교사 공동창작 「유작가」 / 김정선 「가장 큰소리로 말했다」

　사회적 엄마는 아이들을 돌봄의 '대상'이라고 말하길 주저합니다. 이유는, 아이가 사회적 엄마에게 많은 것을 의존하기는 하지만 아이 역시 자기 생명의 주체로서 '돌봄이라는 생명 나눔'의 한 쪽이기 때문입니다. 그래서 무의식적으로 '우리'라는 차원을 상정하고 관계적으로 생각하며 생명 나눔을 합니다. 이런 이유로 돌봄이 잘 된다는 것은, 관계로 긍정적인 생명의 힘이 나눠지며 결국 '우리' 차원이 건강해진다는 것을 의미합니다. 그렇기에 '너의 그런 행동은 잘못되었어. 하지 마!'라고 부정하는 방식을 되도록 피하려고 합니다. 그런 점들이 보일 때라도 그 반대에 있는 긍정적인 면을 자극하는 방식을 취합니다. 그러니 관계로는 생명을 긍정하는 힘이 흐르게 되고 결국 '우리' 차원이 건강한 생명적 기운을 띠게 됩니다. 이런 긍정의 힘이 갖는 좋은 상태는 그 반대의 경우를 상상해 보면 쉽게 수긍이 됩니다. 그럴 수밖에 없는 것이, '너의 그런 행동은 잘못되었어. 하지 마!'라고 부정하는 방식은 생명을 위축시키고 조심하게 하고 눈치 보게 하기 때문입니다. 관계라는 혈관이 수축되고 피가 잘 통하지 않습니다. 그러니 '우리'의 얼굴이 창백할 수밖에 없습니다.

그래서 사회적 엄마는 자신의 민감한 생명적 감수성으로 아이의 긍정적 생명의 요소를 찾아 관계로 그 긍정을 흘려 보내고자 합니다. 아마도 그럴 수 있는 능력은 사회적 엄마의 고유한 요술 같은 능력일 것입니다.

다음 시를 읽으며 생각해 보겠습니다.

유작가

꿈두레교사 공동창작

엄마 아빠는 이혼하고

할머니에게 지체장애동생과 맡겨진

여자아이는

걱정될 정도로 허황됐다

한 번은 6학년짜리가 킬힐을 신고 돌아다닌다고 하여

이래저래 다그치니

가끔 만나는 엄마의 돈을 훔쳐

무려 4컬레나 샀다던 아이

도무지 예뻐할 구석이 없는데

글은 열심히 쓰는 것 같아 그때부터

볼 때마다 글 잘 쓴다고 칭찬을 했는데

중학교 1학년 때 어디선가 장려상을 받았고

중학교 2학년 때는 몇 군데서 우수상 4개를 받아왔다

그래서 선생님들이 아예 유작가, 유작가 하고 불러주었는데

중학교 3학년 때는 대상을 받아왔고

완전히 달라졌다 아이가

졸업식 때 써서 낭독한 글에선

이젠 엄마 아빠를 이해할 수 있다던

아이는 넘어서고 있었던 것이다

박수소리를 타고

그 아이는 아이로서 감당하기 어려운 커다란 아픔을 겪고 있는 중입니다. 누구도 그 상처와 아픔에 대해 쉽게 이야기할 수 없습니다. 아이가 보이는 특이한 행동도 그런 아픔이 만들어낸 살고자 하는 병리현상일 것입니다. 사회적 엄마는 그것을 충분히 이해합니다. 이해함에도 "도무지 예뻐할 구석이 없는데"라고 말할 정도이니 심하긴 심했던 모양입니다. 하지만 사회적 엄마에게 '포기'란 없습니다. 왜냐하면 아이가 센터로 오는 순간 가슴으로 품어 자신의 아이로 낳는 과정에 있기 때문입니다. 그래서 "도무지 예뻐할 구석이 없는데"라는 말은 '무조건 예뻐해 줄 긍정적 요소를 찾는다'의 다른 말일 것입니다. 그럴 수밖에 없는 것이 사회적 엄마는 아이의 '욕구와 필요와 고통을 느끼고, 생명이 가진 자생력을 펼치도록 판을 벌여 주고 지

켜 주고 도와주기 위해 성찰적으로' 관계를 만들기에 최선의 노력을 하는 존재이기 때문입니다. 그런 노력 속에 찾아진 긍정적 생명의 요소가 바로 "글은 열심히 쓰는 것"입니다.

사회적 엄마는 그때까지 아이의 긍정적이 요소를 찾았던 것입니다. 아이에 대해 쉽게 부정적인 면을 말하지 않고, 보호와 돌봄을 하면서 기다리다가, 긍정적인 면아 찾아지자 관계 속으로 그것을 흘려 보내는 것입니다. "그때부터/ 볼 때마다 글 잘 쓴다고 칭찬을" 관계 속으로 흘려 보내고 생명 나눔을 하는 것입니다. 그 아이로서는 글 쓰는 일은 선생님이 시키지 않아도 열심히 하던 것이니 그로 하여 사랑까지 받을 수 있다는 것을 알았을 때 얼마나 좋겠습니까. 무진장 열심히 노력했을 것입니다. 그래서 "중학교 1학년 때 어디선가 장려상을 받았고/ 중학교 2학년 때는 몇 군데서 우수상 4개를 받아왔다"는 구절에서는 기쁘면서도 아이의 노력이 눈물겹다는 생각도 듭니다. 왜냐하면 이런 괄목할 만한 성과는 단지 '사랑받기 위해서'가 아니기 때문입니다. 아이는 비로소 자신도 사회적 엄마를 기쁘게 해줄 수 있는, 다시 말해 사랑하는 방법을 가진 것입니다.

사랑을 받기만 하는 아이와 사랑할 수 있는 방법을 가진 아이는 완전히 다른 아이입니다. 이제 사회적 엄마와 아이는 긍정적 생명의 힘을 나눌 수 있는 관계가 된 것입니다. '네가 글을 열심히 쓰고 잘 쓰는 것이 좋다'는 생명적 긍정의 힘과 '나는 글을 써서 선생님을 기쁘게 해주고 사랑할 수 있어 좋아요'라는 생명적 긍정의 힘이 관계를 타고 흐르면서 건강한 '우리'를 만드는 것입니다. 이렇게 긍정의 생명적 힘이 흐르는 관계가 만들어지면 훨씬 역동적이 됩니다. 왜냐하면 모든 게 세 배가 되기 때문입니다. 아이의 기쁨(1)이 엄마의 기쁨(2)이 되고, 아이가 기뻐하는 엄마의 모습을 보며 다시 기쁨(3)을 느끼기 때문입니다. 관계로 긍정적 생명의 힘이 흘러가고 나눠지기 시작하면 얼마나 큰 변화를 일으킬 수 있는지를 보여 주는 좋은 예입니다. "그래서 선생님들이 아예 유작가, 유작가 하고 불러주었는데/ 중학교 3학년 때는 대상을 받아왔고/ 완전히 달라졌다 아이가".

아이가 폭풍 성장을 한 것입니다.

사회적 엄마를 사랑할 수 있는 능력을 갖게 되는 순간, 아이는 사랑을 책임질 수 있는 아이가 된 것이고 이젠 헤어진 엄마 아빠도 이해할 수 있는 아이가 된 것입니다.

이런 변화를 감히 누가 낳을 수 있겠습니까?

– 긍정의 예술가인 사회적 엄마입니다.

그래서 우리는 물어야 합니다. 왜 예술이 시, 소설, 영화 같은 것에 국한되어야 합니까? 삶을 건강하고 아름답게 만드는 것이 예술이 있어야 할 이유라면, 실제로 그런 목적을 이루는 행위야말로 근본적인 예술이 아닙니까?

그래서 저는 사회적 엄마를 긍정의 예술가라고 부르고 싶습니다.

다음 시를 한 편 더 읽겠습니다.

가장 큰소리로 말했다

김정선

멍청하게 앉아 종일 만화그림만 그리던

아이가 오지 않아 가정방문 갔다

문이 열리는데 7살이라는 동생이 좋아라 반긴다

걱정되어 물으니 빵으로 아침을 때우고

점심은 귀찮아 굶고 있는 중이라며

이젠 동생을 돌봐야 하기에

학교도 센터도 갈 수 없다고 했다

이야길 들어보니 부모가 이혼했다는 2년 전부터

멍청하게 앉아 그렇게 만화캐릭터만 그렸던 것이다

엄마 손이 가지 않은 어둑한 방에서

7살 동생과 하루 종일 있는 아이

입이 있어도 도대체 해 줄 말이 없어

동생이랑 저녁밥 먹으러 오라고 당부하며

무심결에 자기 인생을 살았으면 좋겠다고

말했다 이제 겨우 초등5학년 여자아이에게

며칠 후 아이가 다시 센터에 왔을 때 작은 목소리로

선생님, 저 댄스해도 돼요 물었다

그래서 나는 아주 단호하게 말했다

네가 하고 싶은 것이면

무엇이든지 해도 돼!

한 아이의 무력감이 괜히 있는 것이 아닙니다. 생명이 부정당하는 공간에 갇혀 있을 수밖에 없기에 생겨난 병입니다. 그것도 2년이라는 세월 동안! 어른으로서 그리고 선생님으로서 '입이 있어도 도대체 해 줄 말이 없는' 상태에 있는 아이입니다. 하지만 이날 선생님은 너무 큰일을 했습니다. 왜냐하면 아무도 관심을 가져 주지 않는 어둑한 방으로 찾아갔고, 밥은 먹었냐고 아이의 안녕을 물어 주었고, '동생이랑 저녁밥 먹으러 오라고' 해 주었기 때문입니다. 보통의 아이에겐 정말 아무것도 아닌 무력한 말일 수 있지만, 어둑한 방에서 7살 동생과 고립되어 "빵으로 아침을 때우고/ 점심은 귀찮아 굶고 있는 중"인 아이에겐 그렇지가 않습니다. 천둥소리 같은 생명의 사인이었을 것입니다. 걱정하고 사랑하는 사람의 목소리는 아무리 작아도 멀리까지 가고 무지하게 큰소리로 들립니다. 선생님은 이제 겨우 초등학교 5학년 여자아이에게 무심결에 '자기 인생을 살았으면 좋겠다'고 했지만, 겨우 초등학교 5학년 아이는 그 어른의 말을 온전하게 알아들은 것입니다. 왜냐하면 아이가 살려고 발버둥치고 있었기 때문입니다.

그렇게 생명적 관계가 만들어진 것입니다.

그 생명적 관계에서 아이가 처음으로 "작은 목소리로/ 선생님, 저 댄스해도 돼요?"라는 물었다면, 긍정의 예술가인 선생님들은 어떻게 대답했을까요? 이구동성으로 "네가 하고 싶은 것이면/ 무엇이든지 해도 돼!"라고 했을 것입니다. 처음으로 이 생명적 관계로 긍정의 생명적 힘이 맥동하며 흐르는 것입니다.

사회적엄마 09

▌비빌 언덕이 되어 준다

김보민 「엄마는 어디로 갔을까」
꿈두레교사 공동창작 「비빌 언덕이 되자」

지역에 따라 다르겠지만 사회적 엄마는 주로 사회적 취약 계층의 아이들을 돌봅니다. "2학년 때 어머니가 돌아가시고 할아버지와 단 둘이 살고 있는" 아이(김보민 「자전거가 한 소년을 살리고 있다」), "알코올중독 아버지와/ 한쪽 손이 없으며 간질 발작을 일으키는 엄마와/ 아이들만 셋" 있는 집 아이(박희주 「울면서」), "개노무새끼, 집에서는 한마디도 안 해요/ 지 엄마 집나가고 젖도 안 떨어진 거 키워났더니만"(김보민 「부자가정」)의 아이, "엄마 아빠는 이혼하고/ 할머니에게 지체장애동생과 맡겨진/ 여자아이"(「유작가」). 이들은 가정이라는 기댈 곳이 해체되며 존재의 불안을 겪고 있는 아이들입니다.

다음 시를 읽으며 생각해 보겠습니다.

엄마는 어디로 갔을까

김보민

센터 4학년 공부시간

뜬금없이 한 녀석이 옆에 앉은 아이에게

"너도 엄마 없지? 너 엄마 돌아가서서 많이 울었던 거 기억나?"

그 소리를 듣더니 앞에 앉은 녀석이 묻는다.

"너도 엄마 없냐? 나도 엄마 없는데"

"우리엄마는 나 여섯 살 때 이혼하고 나갔어. 내가 울면서 가지 말라고 했는데도."

"우리엄마는 3살 때 나가서 한 번도 못 만났어. 그래도 니네 엄마는 만나주기라도 하지. 우리엄마는 왜 만나러도 안 오는 걸까?"

여섯 명 중에 엄마 있는 녀석이 하나도 없다

어쩌면 먹고 살기 위한 어떤 전쟁은 계속되고

엄마 잃은 아이도 계속 생기는 게 아닌가 싶다

가슴 아픈 장면이자 사회적 엄마가 마주하고 있는 현실입니다. 모든 전쟁의 최대 피해자는 아이, 노인, 여성이라는 말을 떠올려 본다면, "어쩌면 먹고 살기 위한 어떤 전쟁은 계속되고/ 엄마 잃은 아이도 계속 생기는 게 아닌가 싶다"는 말이 가슴에 콱 박힙니다. 이 아이들에게는 전쟁이 줄 수 있는 모든 인간적인 참혹함이 깊은 상흔으로 새겨져 있습니다. 그 상처는 치유와 돌봄을 받지 않으면 아이와 함께 커갈 수밖에 없습니다. 하지만 지금과 같은 센터 실정으로는 안타깝게도 그 상처에 접근하는 것조차 어렵습니다. 가까스로 먹이고 보호기능을 합니다. 모든 것을 아이들 스스로 감당하고 있는 실정입니다. 그래서 사회적 엄마의 가슴은 아픕니다. 그리고 힘듭니다. 왜냐하면 상처 입은 아이들을 다시 품어서 산산조각 난 마음과 몸을 안정시키는 엄마 품과 같은 역할을 해야 하기 때문입니다. 비틀린 몸짓, 무기력한 몸짓, 과잉된 몸짓, 공격적인 몸짓, 어른과 사회에 대한 불신의 몸짓, 주변관계를 고려하지는 행동 등 아이를 품는 일 자체가 상처를 감수하는 일입니다. 그런데도 사회적 엄마는 생명에 대한 관심에서 적극적인 사랑으로 아이를 품습니다. 이 시에 등장하는 아이들 정도라면 별 걱정 없다고 말합니다. 왜냐하면 이 아이들은 지금 서로의 아픔을 드러내고 말할 정도로 기력을 회복한 아이들이라고 확신하기 때문입니다.

이렇게 사회적 엄마는 상처 입은 아이들을 품는 일을 자임(自任)합니다. 당신들의 힘이 너무나 보잘것없음을 잘 알지만 그래도 함께 하려고 하는 것입니다. 스스로 '비빌 언덕이 되어 주자!'고 말합니다. 비빌 수 있는 조그만 언덕이 되어 주어도 아이들은 기력을 회복한다고 확신합니다.

다음 시를 읽으면 사회적 엄마가 무엇을 하고자 하는지 보일 것입니다.

비빌 언덕이 되자

꿈두레교사 공동창작

사고만치는 5학년 아이에게

호소하듯이 말했다

앞으로 네가 고3이 될 때까지 이곳에서 같이 있어야 하는데

이젠 우리 그만 싸울 수 있게 노력하자고

그리고 약속했는데

그 나쁜 짓만 골라하던 놈이

정말 지키고 있는 중이다

눈빛도 훨씬 부드러워지고

키까지 쑥쑥 자라는 것인데

그 아이는, 앞으로 7년 동안, 밥 먹을 수 있고, 갈 곳 있고, 부모는 아니지만

선생님이라는 보호자가 있다는

약속의 의미를

제 삶으로

간파한 것이다

작더라도 비빌 언덕만 있으면

아이들은 세상을 꿈꾼다

이 초등학교 5학년 아이가 겪은 인간적인 참혹한 상흔을 누군들 알겠습니까만 적어도 사회적 엄마만은 그 아이가 치고 다니는 사고가 고통의 몸부림이라는 것을 압니다. 아이의 마음에 깊은 흉터로 남은 가장 가까운 인간의 배신과 이어지는 존재 불안이 일으킨 행동이라는 것을 말입니다. 그렇기에 이 아이에게 지금 무엇보다 필요한 것은 자기를 받아 준다는 '확신'과 지켜 준다는 '신뢰'입니다. 그것만이 아이의 '존재 불안'을 덜어 주며, 자기에게 집중할 수 있는 여지와 계기를 주는 것입니다. 그래서 사회적 엄마는 기다리고 참으면서 호소하는 것입니다. "앞으로 네가 고3이 될 때까지 이곳에서 같이 있어야 하는데/ 이젠 우리 그만 싸울 수 있게 노력하자고" 말입니다. 아이는 이 말에 들어 있는 의미를 압니다. 향후 7년에 대한 약속! "앞으로 7년 동안, 밥 먹을 수 있고, 갈 곳 있고, 부모는 아니지만 선생님이라는 보호자가 있다는" 그 약속! 비빌 언덕이 생겼다는 것을 초등학교 5학년 아이가 안 것입니다. 저는 그것이 참 눈물겹습니다. 아이의 아픔이 온몸으로 전해 옵니다. 또한 사회적 엄마라는 존재가 고맙습니다. '고맙다'는 말은 원래 '곰+답다'였다고 합니다. 그리고 '곰'은 우리 문화 목록에서는 토템 '신'(神)을 의미한다고 합니다. 그렇다면 '고맙다'는 '신답다'는 의미가 될 텐데, 저는 사회적 엄마에게 '고맙다'고 말하면서 '신답다'는 마음임을 고백합니다. 그도 그럴 것이 그 신의 마음 씀이 아니라면 어떻게 "그 나쁜 짓만 골라하던 놈이/ 정말 지키고 있는 중이다/ 눈빛도 훨씬 부드러워지고/ 키까지 쑥쑥 자라는" 변신(變身)을 할 수 있겠습니까. 아이는 자신의 부모도 주지 못한 자기에 대한 관심과 사랑을 보고 느끼고 믿게 된 것입니다. 초등학교 5학년 아이에게 비로소 비빌 언덕이 생긴 것입니다. 비로소 제 생명의 꿈을 꿀 수 있게 된 것입니다.

그러니 사회적 엄마를 교육 서비스만 제공하는 선생님으로 생각하면 안 됩니다. 아픈 생명이 자신의 고통을 비벼대며 성장통으로 바꿀 비빌 언덕이며, 한 생명의 순금(純金)빛 추억이 살게 하는 영원한 엄마입니다. 그런 아이의 생명적 힘을 알기에 아픔을 감수하며 품는 것이고, 비빌 언덕으로 자신을 내어주는 것입니다.

그러면 당신들은 말합니다.

"진심 당연한 일이라고 생각하며 이 일을 해왔습니다. 희생적 삶 같은 생각, 한 번도 해 본 적 없습니다, 결코! 그래서 바보들이죠. 정경 선생님의 눈물을 보면서 '이 사람은 누구이고 무엇인가?' 생각했고, 오일화 선생님의 성실함을 보면서 하나님의 일을 생각했으며, 마흔이 넘어서도 처음처럼 센터를 반짝거리게 만드는 박희주 선생님, 마더 테레사 같은 이말희 선생님을 생각했을 뿐입니다. 어쩌면 우리 모두 이 사회에 부적응자일지도 모릅니다. 하지만 우리는 우리들 얼굴에서 인간애(人間愛)라는 향기를 맡습니다. 그 향기로 하여 인간임을 사랑합니다. 그래서 그 향기를 아이들에게 먹이고 싶을 뿐입니다."(시집『봄흙처럼 고와라 사회적 엄마』 공동창작에 참여했던 김보민 선생님의 말)

이 말 앞에서 더 무슨 말이 필요하겠습니까.

고맙습니다.

아이들은 성장 변화한다

김정선 「엄마의 거처(居處)에 대해」
꿈두레교사 공동창작 「아이들은 자라고 있다」
유은진 「아이는 커간다」
엄미경 「한라산을 하루에 열 번 오른 아이」

　모든 생명은 한껏 자기이고자 합니다. 웬만한 어려움은 구부려 자기화하며 더 커다란 자기를 만들어 갑니다. 그러면서 자기에게 넘치는 힘이 생기면 나누어 주려고 합니다. 그래야만 더 좋은 조건에서 생명적 힘을 누릴 수 있음을 생명적 감수성으로 알기 때문입니다. 아이들도 그렇습니다. 하지만 센터로 오게 되는 아이들은 대부분 생명적 힘이 손상되고 왜곡된 상태인데다가 오랫동안 방치되어 고착된 경우가 많습니다. 선생님들이 '내일이 아니라면 어떻게 네가 나에게 올 수 있으랴'며 '나에게 온 너를 사랑해 버리겠다'고 마음먹어도 어려움은 끝이 없습니다. 하루에도 몇 차례씩 "이러면서 선생을 계속해야 하나/ 그래도 지켜야 하는 아이들을 지켜야지/ 그러면서 선생을 계속해야 하나/ 그래도 그래도"(권명주 「어떤 변주(變奏)의 끝」에서)하며 천국과 지옥을 오갑니다. 그러면서도 사회적 엄마는 아이들을 포기하지 않습니다. 아니, 포기하지 않는 것을 원칙과 신념으로 지킵니다. 왜냐하면 포기하는 것은 이미 커다란 파괴를 겪은 아이를 사지로 내모는 것이나 마찬가지이기 때문입니다. 뿐만 아니라 포기는 사회적 엄마에게도 커다란 상처를 남깁니다. 그럴 수밖에 없는 것이 선생님과 아이의 관계는 외부적이 아니라 내부적이고, 품고 있는 관계이고 생명적 나눔의 관계이기 때문입니다. 한쪽의 파괴는 다른 한쪽의 파괴를 부릅니다. 경우에 따라서는 선생님이 다시는 아이를 품을 수 없게 되기도 합니다. 그래서 문제 행동을 보이는 아이들 때문에 죽을 지경일 때도 아이를 더 붙들려 하고 믿으려고 하는 것입니다. 아이들도 바로 그 진정성에 마음을 엽니다. 그동안 어른들로부터 받은 아픔을 치유하며 선생님의 그 믿음을 붙잡고 일어서는 것입니다.

그래서 사회적 엄마는 확신합니다.

– 아이들의 생명적 힘을 믿는다!

– 아이들은 성장 변화한다!

엄마의 거처(居處)에 대해

김정선

아버지와 살고 있는 아이는
초등학교 1학년 때 센터에 왔다
중학교 2학년 때
아버지와의 갈등으로 집을 나왔는데

늦은 밤 갈 곳이 없다며 센터를 찾아왔다

이 세상 어디에도 갈 곳이 없다는 아이와

밤이 깊도록 이야기를 했다

엄마가 보고 싶다며 울다가 잠이 들었다

이불을 덮어주며 생각했다

그 오랜 시간 동안 아이가

'엄마'라는 단어를 입에 올린 것이

처음이다

가슴에 묻혀 있던 '엄마'라는 단어가 입으로 나오는데 8년의 세월이 걸렸습니다. 선생님은 그래야만 했던 아이를 8년 동안 품고 있었던 것입니다. 인고의 시간이었을 것입니다. 조금씩 나아진다는 확신이 없다면, 그런 원칙과 신념이 없다면 견디기 힘든 시간이었을 것입니다. 선생님이 그렇게 지켜 주었기 때문에 신뢰가 생겼고, "이 세상 어디에도 갈 곳이 없다"고 생각될 때 선생님을 찾은 것입니다. 비로소 선생님과 아이의 건강한 생명적 나눔 관계가 만들어진 것입니다.

이렇게 아이들은 자라고 변합니다. 시간이 걸리고 많은 사건 사고가 있지만 그래도 자기의 생명적 힘으로 일어서 건강한 생명 나눔의 관계를 만듭니다. 그래서 저는 이를 사회적 엄마의 생명적 낙관주의라고 부르고 싶습니다.

아이들은 자라고 있다

꿈두레교사 공동창작

두 놈이 싸웠다

매 맞은 아이의 아버지가 오셔

난리를 치고 가시고

점점 문제가 커져

몇 시간 사이

학교에서는 처벌을 원하느냐는 전화가 오고

센터가 쑥대밭이 되어버렸는데

정작 이 두 놈

저녁 식사 시간

식판을 마주 놓고 앉아서

슬몃 웃으며 비밀스럽게 하는 말

– 야, 일이 너무 커졌다!

일은 커지기도 작아지기도 하지만

그 속에서 아이들은 자란다

바람 잘 날 없는 센터 풍경 중에서도 익숙한 풍경입니다. 보아 하니 두 놈이 장난으로 시작했다가 한바탕 했나 봅니다. 다치기도 했습니다. 센터

뿐만 아니라 학교까지 발칵 뒤집어졌습니다. 선생님들도 혼비백산이었을 것입니다. 이 사건을 해결하는 사회적 방식은 "처벌을 원하느냐" 하는 식입니다. 결과를 기준으로 피해에 해당하는 만큼 복수함으로서 정의를 세우는 것입니다. 물론 경우에 따라서는 그런 방식도 필요가 없는 것은 아니겠지만 전체적으로 생명적 역동성과 성장을 믿는 자의 방식은 아닙니다. 그걸 당사자인 두 놈이 알고 말합니다. "정작 이 두 놈/ 저녁 식사 시간/ 식판을 마주 놓고 앉아서/ 슬몃 웃으며 비밀스럽게 하는 말/ – 야, 일이 너무 커졌다!" 그래서 사회적 엄마는 한 대 쥐어박고 싶으면서도 대견해 하며 "일은 커지기도 작아지기도 하지만/ 그 속에서 아이들은 자란다"는 넉넉한 생각을 할 수 있는 것입니다. 사회적 시선이 잘못과 죄를 찾는 사건 속에서 사회적 엄마는 그럼에도 불구하고 "그 속에서 아이들은 자란다"는 낙관적인 방향을 가진 것입니다.

이것이 생명과 그 성장에 대한 사회적 엄마의 믿음입니다.

그 믿음의 줄을 잡고 아이들은 쑥쑥 자랍니다. 어느날 그 아이가 멋진 아이가 되어 사회적 엄마의 저쪽에서 웃고 있는 것입니다.

아이는 커간다

유은진

6학년이 된 철수는
고기 귀신이다

후원회 분들이 아이들에게 삼겹살 파티를 해주는 날

방방 떴다 철수는

고기를 배불리 먹을 수 있는

유일한 날이란 걸 아는

철수 테이블에는

4학년 2학년 1학년 동생이 함께 앉았다

철수가 고기를 굽는다

동생들이 굽는 족족 먹어치운다

고 4학년 동생이 '형도 먹어'라고 한마디 해줬으면 좋으련만

고기는 점점 줄어간다

순간 든 생각

이놈이 해마다 와서

자기 형들이 했던 것을 보고

따라하는구나!

눈치 챈 선생님이 자기 앞 고기를 싸서

연신 철수 입에 밀어 넣어준다

고기 잘 굽는다 우리 철수

자기만 알던 철수가 어느새 형이 되었습니다. 그렇게 고기를 좋아하는 아이가 동생들 먼저 챙깁니다. 고기가 떨어져 가는데도 제 입이 아니라 동생들 입을 챙깁니다. 철수가 드디어 형이 되고, 생명 나눔의 온전한 주체로 태어납니다. 온전한 '우리 철수'가 됩니다. 철수도 그렇게 자신의 행동으로 엄마에게 웃음을 줄 수 있다는 사실에 대해 뿌듯할 겁니다.

이런 풍경이 사회적 엄마의 고통을 씻은 듯 낫게 하고 웃게 합니다.

생명 나눔을 통해 아이의 건강이 회복되면 쭉쭉 큽니다.

다음 시를 읽으면 정말이지 사회적 엄마가 무엇으로 사는지, 그런 아이들의 성장이 얼마나 아름다운지 온몸으로 느낄 수 있고 우리도 함께 웃어 줄 수 있을 것입니다.

한라산을 하루에 열 번 오른 아이

엄미경

한라산 꼭대기가 코앞인데

후미를 돌보다가 지쳐서 올라가지 못하자

정상에서 한 놈이 뛰어내려오는 것이다

평소에 자기뿐이 모르는 같아

나누며 살라고 입버릇처럼 말했던

중학교 2학년 아이인데

뒤로 가더니 내 허리를 밀며

턱에 바치는 숨소리 들리지 않게

참으며 참으며 500미터 정도를 오른다

아이들이 환호하며 선생님이 열 번째란다

얘기인즉 자기들도 밀고 올라와서

하루에 한라산 꼭대기를 열 번 오른

짱이 되었다는 것이다 오호라

한라산 꼭대기가 한바탕 웃을 수 있는 까닭은

순전히 나누는 마음 있어서다

센터는 아이들에게 조그마한 마을이다

유은진 「뛰어다니는 산이 나왔다」
조명랑 「좁은 방」
꿈두레교사 공동창작 「중학교 1학년」
박인주 「날궂이」

돌봄이 절실한 아이들이 센터에 옵니다.

어쩌나, 어쩌나, 하다보면 친구들이 생기고 형과 동생이 생깁니다.

그러다 보면 1년 전만 해도 말썽만 부리던 놈들이 말썽부리는 동생을 찾으러 다니고, 가끔씩 선생님을 돕겠다고 팔도 걷어붙입니다.

그래서 문득 저희들끼리도 환상적으로 굴러간다고 흐뭇해합니다. 물론 바람 잘 날 없는 하루하루가 센터의 현실이긴 하지만, 전체적으로는 안정된 생명적 성장이 있다는 낙관적인 느낌이 듭니다. 그리고 이 낙관적인 감정이 기조를 이룸으로서 선생님은 아이들의 특별한 현재 상태 때문에 일희일비 하지 않게 됩니다. 또 자기감정에 휘둘리지 않기에 지금 여기 아이에게 더 집중하게 됩니다. 그러니 선생님과 아이들 사이, 아이들과 아이들 사이의 관계로 긍정적 생명의 힘이 흘러 센터 차원의 생명 나눔이 됩니다.

다음 시를 읽겠습니다.

뛰어다니는 산이 나왔다

유은진

정신보건센터 의뢰로

덩치가 산만한

초등학교 5학년 아이가 왔다

첫날 4시간 동안 벽에 붙어 앉아

꼼짝도 않고 한 마디도 않고 밥도 안 먹고

산처럼 있다가 돌아간 아이

다음 날도 놀러 나가자고 하니

꿈쩍 않고 있다가

간신히 저녁만 같이 먹고

산처럼 있다가 돌아간 아이

셋째 날 똑같이 놀자고 하니

눈치를 보다가 미적미적 따라 나온 아이

눈이 번쩍 했던 것인데

축구를 무지무지 좋아하던 아이였다

결코 혼자서는 할 수 없는—

어울려 소리치고 부딪치며

뛰어다니는 산이 나왔다

뛰어다니는 산이 어떻게 나왔습니까?

— 아이들과의 관계 속에서 나왔습니다.

선생님은 아이를 보면서 무엇도 채근하지 않습니다. 민감한 생명적 감수성이 이미 아이가 겪고 있는 아픔을 느낀 것입니다. 아이의 아픔과 불안이 표현되는 "벽에 붙어 앉아/ 꼼짝도 않고 한 마디도 않고 밥도 안 먹고/ 산처럼" 있는 행동은 지도가 필요한 것이 아니라고 생각했고, 스스로 마음의 문을 열어야만 한다고 판단했습니다. 그래서 소외를 느끼지 않을 정도의 최소한의 말을 하며 새로운 관계에 놓인 경직된 마음을 덜 수 있도록 가만히 놔둡니다. 둘째 날 아이가 어쨌든 저녁밥을 먹습니다. 이때 선생님은 눈치를 챘을 것입니다. '그래, 너는 함께 할 수 있을 거야!' 그리고 셋째 날 아이가 움직입니다. 그런데 절묘하게도 어제처럼 혼자 있으면 결코 할 수 없는, 더 정확하게 말하면 혼자서는 결코 할 수 없는 자기가 좋아하는 축구를 함께 하게 된 것입니다.

아이들이 아이를 불러낸 것입니다.

그래서 생각하게 됩니다.

센터가 예전의 마을 같은 기능을 하는 것은 아닐까?

그도 그럴 것이 돌봄이 절실한 아이들이 센터에 오자마자 비록 제한적이기는 하지만 보호자가 생기고, 며칠 지나면 친구들이 생기고 언니 누나 형 동생들이 생기기 때문입니다. 뿐만 아니라 유기적인 작은 마을에서 볼 수 있듯이 제 몫의 역할을 센터와 아이들 사이에서 갖게 됩니다. 그리고 성장 과정에서 그 역할도 상향 조정됩니다. 센터에 올 때의 아이들이 가졌던 존재의 불안이 센터라는 조그마한 마을의 관계와 기능 안에 놓임으로써 안정을 찾게 되는 것입니다. 어찌 생각하면 저들끼리 돕고 보듬는 집단적 치유와 성장을 가능케 하는 조건이 만들어지는 것입니다. 실제로 센터는 작은 마을의 어른들과 형들, 또래들, 동생들의 유기적 공간처럼 작동합니다.

다음 시를 읽으며 아주 오래전 작은 마을의 놀이터를 생각해 보십시오.

좁은 방

조명랑

아이들은 좁은 방을 좋아한다
이유는 모르겠지만 3평 남짓 한 방에
많을 땐 20여명 들어가 복닥거리는데
둥그렇게 앉아 머리를 맞대고 소리쳐가며 카드놀이 하는 남자아이들 아이돌 노래를 틀어놓고 뽐내며 춤추는 여자아이들 그 아래 웅크려 독서삼매경에 빠진 아이 두 다리 쫙 뻗고 한자리 차지하고 누운 아이 그 틈새를 자유롭게 드나드는 아이
숨 막힐 정도로 우글우글 시끌벅적한데도
아무도 불편해 하지 않고 정말 재밌다

하도 신기하여 "아그들아 넓은 방 있잖아. 안 좁냐?" 하면
떠나갈듯 합창한다 "안 좁아요!"

그 소리에 깜짝 놀라 좁은 방이

자기를 한껏 벌려주는 듯한데

아이들에게 필요한 것은 넓은 방이 아니라

공부 마치면 저마다 활짝 열고 들어갈 수 있는

좁은 방 같은 친구들인가 보다

좁을수록 더 넓어지는

　여기에 모인 아이들이 센터에 왔을 때는 대부분 사회적인 고립과 존재
의 불안을 겪던 아이들입니다. 그런데 지금은 마을의 놀이터에서처럼 친구
와 형 동생으로 함께 모여 놀고 있습니다. 다르면 다른 데로 "작은 방"[전체]
에서 '하나'이고 '하나'이면서 "작은 방"[전체]으로 있습니다. 어디에도 '고립'
이나 '불안'이라는 유령은 없습니다. 오히려 사고를 걱정할 정도로 너무 가
까이에 친구와 언니 동생들이 있는 것입니다. 그래서 "숨 막힐 정도로 우글
우글 시끌벅적한데도/ 아무도 불편해 하지 않고 정말 재밌다"의 상태는 '혼
돈 속의 창발적 질서'라고 표현되는 역동적인 생명적 상태를 생각하게 합
니다. 생각해 보십시오. "둥그렇게 앉아 머리를 맞대고 소리쳐가며 카드놀
이 하는 남자아이들"과 "아이돌 노래를 틀어놓고 뽐내며 춤추는 여자아이
들"은 서로 무관한 집합입니다. 하지만 아무도 이 둘이 고립되어 있다고 생
각하지 않을 것입니다(전자의 집단이 사라지면 후자도 달라지거나 사라질
수밖에 없다!) 다르게 서로 하나로 있는 것입니다. 다르면서도 좁은 방 차

원의 '통하여' 하나인 것입니다. 그렇게 "그 아래 웅크려 독서삼매경에 빠진 아이"도 있고 "두 다리 쫙 뻗고 한자리 차지하고 누운 아이 그 틈새를 자유롭게 드나드는 아이"들이 생명적 유기성을 가지고 하나인 것입니다. 그 모두 사이로 긍정적 생명의 힘이 막힘없이 흘러 사회적 엄마의 방을 이룬 것입니다.

이 경이로운 풍경을 시인은 "하도 신기하여 '아그들아 넓은 방 있잖아. 안 좁냐?'하면/ 떠나갈듯 합창한다 '안 좁아요!/ 그 소리에 깜짝 놀라 좁은 방이/ 자기를 한껏 벌려주는 듯"하다고 표현합니다. 어제까지 아이들에게 '좁음'은 '고립과 단절과 불안'이었습니다. 아이들은 그런 '좁음'을 친구와 형과 동생들에 '의한' 관계의 방을 만들어 극복하는 것입니다. 이젠 사회적 엄마의 방은 좁아도 더 이상 좁은 방이 아닙니다. 하나하나의 생명이 온전한 우주로 존재하는 방이고, 각자가 자기의 온전한 생명력을 서로에게 흘려 보내는 광활한 방입니다. 아니 광활하게 만들어 버린 방입니다. 이런 감동을 시인은 "아이들에게 필요한 것은 넓은 방이 아니라/ 공부 마치면 저마다 활짝 열고 들어갈 수 있는/ 좁은 방 같은 친구들인가 보다/ 좁을수록 더 넓어지는"이라고 가름합니다. 정말이지 아이들에게 필요했던 것은 방의 '넓음/ 좁음'이 아니라 부모의 영역과 가까이할 수 있는 친구, 형, 동생이었던 것입니다. 이 구성이 알맞게 차면 외부적인 눈에는 좁은 방으로 보이겠지만 아이들에게는 가장 안전하고 살맛나는 방이 되는 것입니다.

보십시오. 센터가 바로 그런 공간인 것입니다.

그런 공간에서 아이들은 저마다 몫의 역할을 합니다.

다음 시를 읽겠습니다.

중학교 1학년

꿈두레교사 공동창작

중학교 1학년은

어리버리하다

하지만 바로 어제까지는

신(神)이었던 초등학교 6학년이었다

5학년은 새로 온 실습선생님이 설거지를 하면 검사를 하고

숟가락 놓은 방향을 가르친다

슬슬 문 달린 방으로 숨어들기 시작하는

4학년은 밑에 학년을 모아놓고

오늘 실습선생님이 첫수업 하시니

잘 들어주자고 당부한다

아이들에게 한 살 차이는

넘을 수 없는 간격인데

그 꼭대기 신(神)도 지금은 손을 번쩍 들고

선생님, 화장실 다녀와도 돼요 라고 묻는다

중학교 1학년이 되었기 때문이다

초등학교 6학년은 아동센터에서 신이라는 말에 저절로 웃음이 터집니다. 정말 그렇겠다고 고개가 끄덕여집니다. 그렇기에 초등학교 6학년을 초등학생으로만 생각하면 안 됩니다. 센터 안에서 그들의 자연스러운 위계적 역할을 존중해 주어야 합니다. 그 역할은 비유컨대 예전에 마을이 살아 있을 때의 아이들 사이의 위계와 같은 것입니다. "5학년은 새로 온 실습선생님이 설거지를 하면 검사를 하고/ 숟가락 놓은 방향을 가르친다/ 슬슬 문 달린 방으로 숨어들기 시작하는/ 4학년은 밑에 학년을 모아놓고/ 오늘 실습선생님이 첫수업 하시니/ 잘 들어주자고 당부한다". 새로 오신 실습 선생님을 센터라는 공간에 위치시킬 수 있는 저마다 역할을 가진 아이들입니다. 사회적 엄마는 이 아이들과 더불어 ─ 신도 있고 감독관도 있고 전달자도 있는 ─ 조그만 마을을 가꾸는 것입니다. 앞서 본 시에서처럼 "숨 막힐 정도로 우글우글 시끌벅적한데도/ 아무도 불편해 하지 않고 정말 재밌"는 그런 엄마의 방이나 조그만 마을을 말입니다. 아이들은 그 안에서 생명의 안정을 얻고, 마을 구성원으로서의 사고를 하고, 꿈을 꿀 수 있는 것입니다.

이렇게 신의 단계에 오르면 그 다음 청소년 센터로 갑니다.

거기서 그 나이에 맞는 세계를 초등학교 때처럼 "손을 번쩍 들고/ 선생님, 화장실 다녀와도 돼요 라고" 물으며 다시 성장의 밀도를 채웁니다.

중학교, 이때는 폭발적인 성장이 일어납니다.

하지만 그 폭발성이 사회적 엄마의 마을이라는 안정된 구조 안에서이기에 '파괴적'이 아니라 '역동적'입니다.

다음 풍경을 보십시오.

날궂이

비 오는 금요일이면

아이들은 날궂이한다

별 것 아닌 것들로 싸우고

흐려서 그런지 소리도 두 배다

뛰어다니는 놈들도 두 배로 늘고

퀘퀘한 냄새는 세 배쯤 되고

무언가를 잃어버리는 아이들이 생기고

덩달아 선생님 목소리도 두 배가 된다

이런 날 축구를 시키면

아이들은 완전히 광적이 된다

어쩌면 '나 살려줘!'라고 소리치는 몸짓이고

지독한 냄새일지 모른다

그래서 선생님 사이에서는

13일의 금요일보다 무서운 비 오는 금요일이라는 말이 있다

자기도 모르게 커가는

에너지가 폭발하는 날이다

평소보다 크고 작은 문제들이 두 배가 되는 "13일의 금요일보다 무서운

비오는 금요일"이지만 사회적 엄마는 걱정이 덜합니다. 왜냐하면 그 아이들이 사회적 엄마의 마을 안에 있기 때문입니다. 마을 안에서는 다투고 싸워도 적대적이지 않습니다. 그것들은 맑고 쾌청한 날을 불러오기 위한 굿은 날의 날굿이일 뿐입니다. 그래서 "자기도 모르게 커가는/ 에너지가 폭발하는 날"이라고 긍정됩니다.

이렇게 센터는 아이들에게 마을적인 기능을 합니다.

그래서 다음 말에 귀를 기울여야 합니다.

"자연 발생적으로 주어졌던 마을 공동체는 대부분 해체되었다. 이제는 '사회적 자궁' 역할을 할 수 있는 마을을 사회가 의식적으로 창출하지 않으면 안 된다. 나는 바로 그 중심에 지역 아동센터가 있다고 생각한다. 지역 아동센터는 아이들이 있는 지역에 가장 가까이 밀착해 있다. 학교와 같이 외적인 기준에 의해 평가하고 서열화하지 않은 채 아이들을 있는 그대로 받아들이고 존중해 주는 곳, 그래서 아이들이 가장 맘 편하게 들릴 수 있는 곳이다. 그래서 어른들의 보호 ― 보호라는 이름의 간섭과 강제가 아니라 ― 아래서 아이들이 자발적인 또래관계를 형성할 수 있도록 뒷받침할 수 있는 곳이며, 그곳을 토대로 해서 더 넓은 범위에서 마을의 일원이 될 수 있는 터전이기도 하다. 물론 아직 모든 지역 아동센터가 그렇다고 이야기할 순 없다. 그러나 이미 그런 역할을 하는 센터가 적지 않거니와, 바로 그런 곳이 될 때에만 사회적 존재 의미를 가질 수 있는 곳이 지역 아동센터라는 곳이다."(박찬식 「지역 아동센터의 교육적 의미를 주목한다」, 『꿈꾸며 함께 걷는 길』)

아이들이 중심인 삶이 된다

품는 행위의 어려움을 이기며 사회적 엄마가 되어간다

자기죽음이라는 말과 사회적 엄마의 탄생

견딤과 기다림은 아이들이 돌아오는 길이다

당신이 나를 끝까지 지켜 주었습니다

3장

품음의 기술art

▌아이들이 중심인 삶이 된다

이성이 「엄마가 된다는 것」
꿈두레교사 공동창작 「전문가로서 센터 선생님」
오철수 「자두 향, 김정애 선생님」

여자가 아이의 잉태와 출산을 거쳐 엄마로 태어나듯이, 센터 선생님도
아이들을 가슴으로 품어 낳는 과정을 거쳐 새롭게 사회적 엄마로 태어납
니다. 여기서 '가슴으로 품는다'는 말은 그저 하기 좋아서 하는 말이 아니라
센터 선생님 역할의 특수함 때문입니다. 현재 센터에 오게 되는 아이는 주
로 사회적 취약 계층의 자녀들로 이미 어려운 환경에서 존재의 불안정성을
겪고 있는 경우가 대부분입니다. 그래서 사회적 복지 차원의 돌봄 서비스
도 절대적으로 필요하지만, 그보다 더 급하게 돌봄을 할 수 있는 생명적 관
계 맺기가 필요합니다. 거칠게 말하면 아이를 품어서 낳는 엄마가 필요한
것입니다. 달리 생각하면 돌봄을 수행할 수 있는 조건으로 생명 나눔의 관
계를 거치는 것입니다. 왜냐하면 그것 없는 돌봄이란 불가능하고, 가능하
더라도 구호나 수용 차원의 일일 것이기 때문입니다. 그렇다면 센터의 역
할은 '가슴으로 품어 낳는 일'과 '돌봄'을 동시에 수행하는 곳입니다. 그러니

센터 선생님은 선생님이긴 한데 엄마에 매우 가까운 사회적 엄마일 수밖에 없습니다.

이런 역할의 특수성이 센터 선생님의 어려움입니다.

그도 그럴 것이 지식 전달이 목적이면 똑똑한 선생님을 앉히면 되고, 사회적 복지 차원의 돌봄이 목적이면 그에 유능한 사회복지사를 앉히면 되지만, 둘 다 현실의 센터 선생님이기에는 매우 부족하기 때문입니다. 이런 이유로, 지금의 센터 선생님이 되기 위해서는 누구라도 사회적 엄마로 다시 태어나는 과정을 거쳐야만 합니다(물론 예전 공부방 시절에는 엄마의 역할이 확장되어 사회적 엄마가 되고 선생님의 기능이 추가되는 자연스러운 과정으로도 충분했지만, 요즘은 사회복지를 공부한 젊은 선생님들이 많기에 더욱 '가슴으로 품어 낳는 과정'이 절실합니다).

그럼 '가슴으로 품어 낳는 과정'의 의미는 무엇입니까?

– 사회적 돌봄 이전에 필요한 생명 나눔의 관계를 만드는 것입니다.

생명 나눔의 관계를 만든다는 것의 의미는 무엇입니까?

– 아이를 중심으로 자기 삶을 재편하는 것입니다.

이런 말이 추상적으로 들리는 분들은 아이를 잉태하여 출산에 이르는 과정과 어린아이였을 때를 생각하면 좋습니다. 그 기간에 엄마의 모든 활동은 아이를 중심으로 재편됩니다. 내가 있고 아이가 있는 것인데도 이 둘을 묶는 '우리'라는 차원이 생기고, '우리'의 차원에서 나는 가장 안전하고 좋은 생명 나눔의 관계를 만들려고 노력합니다. 마찬가지로 센터 선생님도 약한 아이들을 가슴으로 품어 '우리'가 되고, 가장 좋고 안전한 생명 나눔의 관계

를 갖도록 노력합니다. 그래서 보통의 엄마처럼 이 기간에 '우리' 차원에서
약한 아이를 중심으로 자기 삶을 조정합니다. 물론 이 기간은 정해져 있지
않습니다. 아이들도 얌전히 있는 것이 아니라 끊임없이 사건 사고를 일으
킵니다. 그래도 이 과정을 통해 건강한 생명 나눔의 관계를 만들어야 제대
로 된 돌봄이 가능합니다.

그래서 조금은 생소하지만 사회적 엄마의 몸과 마음이 되어야 합니다.

이런 변화의 필요를 실감하기 위해 잉태와 출산을 통해 태어나는 혈연적
엄마의 모습을 읽어보겠습니다.

엄마가 된다는 것

이성이

어느 날 글쎄

내가 아이들이 흘린 밥을 주워 먹고

먹다 남은 반찬이 아까워

밥을 한 그릇 더 먹는 거야

입고 싶은 옷을 사기 위해 팍팍 돈을 쓰던 내가

아예 옷가게를 피해가고

좋은 것 깨끗한 것만 찾고

더러운 것은 내 일이 아니었는데

그 반대가 되는 거야

아이가 사달라고 하면

줄서는 것도 지키지 않아

예전에 엄마가 그러면

엄마! 핀잔주며 잔소리를 했는데

내가 그렇게 되는 거야

아이가 까무러치게 울면

이해할 수 없어, 아무데서나 가슴을 꺼내

젖을 물리는 거야

뭔가 사라져가고

새로운 게 나를 차지하는 거야

이런 적도 있어, 초록잎이 아이에게 좋다는 말을 들었는데 아이가 아픈 거
야. 그래서 공터에 가서 풀을 베다가 침대 밑에 깔아주기도 했어

엄마도 태어나는 거야

아이를 낳으면서 엄마도 태어납니다. 태어나기 때문에 모조리 새롭게
배웁니다. 자신의 몸과 마음이 몽땅 아이에게 연계되어 아이의 생명을 배
우며 '보존하고, 성장시키고, 사회적으로 받아들여지는' 아이가 될 수 있도
록 양육하는 엄마로 조율되는 것입니다. 그래서 엄마 스스로도 놀랍니다.
"어느 날 글쎄/ 내가 아이들이 흘린 밥을 주워 먹고/ 먹다 남은 반찬이 아까
워/ 밥을 한 그릇 더 먹는 거야". 이전의 자기가 없어진 것입니다. 없어졌다
는 것도 모르고 엄마의 일을 수행합니다. 아이의 입에 들어갔던 것이 자기

의 입으로 들어갑니다. 참 비위생적입니다만 참 자연스럽습니다. '자신의 분신'이라는 그런 자의식도 없이 엄마가 되어 가는 것입니다. 몸과 마음이 아이를 중심으로 형성되고 삶도 아이를 중심으로 짜입니다. "입고 싶은 옷을 사기 위해 꽉꽉 돈을 쓰던 내가/ 아예 옷가게를 피해가고/ 좋은 것 깨끗한 것만 찾고/ 더러운 것은 내 일이 아니었는데/ 그 반대가 되는 거야". 이렇게 그녀는 자신의 과거나 유래(由來)를 기억하지 못하는 엄마가 되는 것입니다. 그것은 어떻게 보면 완전한 변태(變態)입니다. 그러니 옷도 '자신을 위한 옷'이 아니라 '아이를 위한 옷'이 됩니다. 자기의 멋을 내기 위한 옷에서 아이와 함께 하기에 편한 옷으로 변합니다. 아이가 좋은 것과 깨끗한 것을 차지하고 그 나머지가 자기 것이 됩니다. 달라져도 너무 달라진 것입니다. 고뇌와 결단을 통해 달라진다고요? 아닙니다. 고뇌하고 결단할 시간이 어디에 있습니까? 그냥 그렇게 되는 것입니다. 그래서 어머니도 아이와 더불어 태어난다고 하는 것입니다. "아이가 사달라고 하면/ 줄서는 것도 지키지 않아/ 예전에 엄마가 그러면/ 엄마! 핀잔주며 잔소리를 했는데/ 내가 그렇게 되는 거야". 이제는 천연덕스럽게 자신이 그렇게 혐오하던 과거의 어머니의 행동을 반복합니다. 이기적으로 보일 수 있는 일을 전혀 이기적이지 않게, 돌봄이 필요한 생명 중심으로 행합니다. 생명 나눔을 합니다.

그러니 그녀에게 세상의 중심이 무엇입니까?

— 아이입니다.

그녀 삶의 중심이 무엇입니까?

— 아이의 '보존과 성장과 사회적으로 수용 가능함'이 되도록 하는 양육

입니다.

그래서 집안 구석구석을 청소하고(왜냐하면 아기가 기어 다니면서 바닥을 훑기 때문에), 똥 기저귀를 빨다가도 스스로 깜짝 놀란다고 합니다. 생전 해보지 않던 짓을 소매 걷어붙이고 자기가 하고 있으니 말입니다. "아이가 까무러치게 울면/ 이해할 수 없어, 아무데서나 가슴을 꺼내/ 젖을 물리는" 그 모습! 엄마는 그렇게 태어납니다. 아이라는 생명을 보존하고 성장시키기 위해 그 아이까지를 자기의 몸과 마음으로 하는 완전변태(完全變態)가 일어나는 것입니다. 아이를 위해서는 기도는 물론이고 미신까지도 불러들일 용의가 있습니다. 정말이지 "뭔가 사라져가고/ 새로운 게 나를 차지하는 거야"의 변화입니다.

이렇게 엄마도 태어납니다.

이렇게 사회적 엄마도 새롭게 태어날 수밖에 없는 것입니다.

다음 시를 읽겠습니다.

전문가로서 센터 선생님

꿈두레교사 공동창작

방바닥에 스티커가 붙어

검은 때가 잔뜩 묻어 있는 것을 보고

그냥 지나치는 분과

아무 생각 없이 쪼그려 앉아
손톱으로 긁어 떼어내는 분이 있다

전문가로서 센터 선생님은
거기서 아이들이 별짓 다하고 놀기 때문에
허드렛일이라고 생각하지 않고
당장 깨끗함을 실천한다

전문가란 통상 알고 있듯
지식과 배움에서 생기는 것이 아니라
아이들에 대한 사랑의 몸에서만 태어난다
우리도 10년 전에는 지나쳐가며
아이들을 걱정하곤 했다

제목이 '전문가로서 센터 선생님'입니다. 그러면 내용이 어떤 전문성에
대한 것이 나와야 하는데 고작 바닥에 붙은 스티커 딱지를 떼는 이야기입
니다. 그 일을 감히 센터 선생님의 전문성을 가늠하는 기준으로 제시합니
다. 왜냐하면 센터 선생님의 전문성은 "거기서 아이들이 별짓 다하고 놀기
때문에/ 허드렛일이라고 생각하지 않고/ 당장 깨끗함을 실천"하는 것이기
때문입니다. 선생님이 되기 위해 알아야 하는 지식과 배움이 "아이들에 대
한 사랑의 몸" 속으로 들어가 "당장 깨끗함을 실천"하는 행동으로 될 때 '전

문가로서 '센터 선생님'이 되는 것입니다. 그렇기에 사회적 엄마는 지식과 배움이 많다고만 하여 되는 것이 아닙니다. 그것은 오히려 아이와의 관계를 어렵게 할 수도 있습니다. 그렇다고 그냥 사랑의 몸만으로도 부족합니다. 그것은 희생을 요구할 수밖에 없습니다. 그래서 이 둘 −지식과 사랑− 은 만나서 당장의 실천으로 구체화될 때 사회적 엄마로 되는 것입니다. 그렇기에 "방바닥에 스티커가 붙어/ 검은 때가 잔뜩 묻어 있는 것을 보고/ 그냥 지나치는 분과/ 아무 생각 없이 쪼그려 앉아/ 손톱으로 긁어 떼어내는 분"의 차이는 결코 비본질적이거나 사소한 차이가 아닙니다. 자기 몸과 마음을 아이와 그 시공간으로까지 확장했느냐 아니냐 하는 문제입니다. 그래서 시인도 "우리도 10년 전에는 지나쳐가며/ 아이들을 걱정하곤 했다"고 반성하는 것입니다.

이렇게 "뭔가 사라져가고/ 새로운 게 나를 차지하"며 사회적 엄마가 되는 것입니다. 혈연적 엄마처럼 자나 깨나 아이들 걱정일 수만은 없다하더라도 적어도 센터 문을 여는 순간부터는 엄마여야 합니다.

그렇기에 혈연적 엄마의 경우처럼 똑같이 말할 수 있습니다.

사회적 엄마에게 세상의 중심이 무엇입니까?

− 아이들입니다.

사회적 엄마 삶의 중심이 무엇입니까?

− 아이의 '보존과 성장과 사회적으로 수용 가능함'이 되도록 하는 양육입니다.

센터 선생님들은 이렇게 사회적 엄마로 태어나기 위해 노력합니다.

다음 시를 읽겠습니다.

자두 향, 김정애 선생님

오철수

향내가 진동해 고랑을 보니 한가득 자두다

고갤 들어보니 자두가 아직도 많이 달려 있는데

벌레 먹은 것들만 떨어진 것 같다

잘 익은 것 하나 주워 붉게 익은 부분을 얄궂게 깨물어 보니

꿀 같다 너무 달아 다시 조금 더 깨물어보니

짙은 향과 벌레 먹은 검은 살

자연에서 저절로 탐스럽게 익는다는 것은 불가능하리라

아니다 탐스럽게 익는 것이 결코 자두들의 목표는 아니었으리라

딴딴한 자두가 제 몸에 벌레 한 마리 들이는 일로 하여

익어가는 사건을 생각한다

향이란 내어준 만큼의 사랑이다

꿈두레교사학교 연수 갔을 때인데, 아침 산책을 하기 위해 숙소 문을 여니 온통 자두향입니다. 두리번거리다가 숙소 옆 도랑을 보니 떨어진 자두로 가득했습니다. 거기에서 익고 있는 것입니다. 보통 '탐스러운 자두'라는 상품이 되기 위해서는 거름도 주고 벌레도 잡아주고 해야 합니다. 자연에

서 자란 자두는 많이 열리기는 하지만 대부분 제대로 익기 전에 떨어지고 특히 배고픈 벌레의 밥이 됩니다. 김정애 선생님이 그 중에서 성해 보이는 것을 주워 깨물어보다가 깜짝 놀라며 '벌레다!' 소리칩니다. 저는 그 산책길에서 도랑을 가득 채운 자두를 생각했습니다. 그리고 지난 밤 뵈었던 많은 선생님들을 생각했습니다. 어쩌면 그이들 모두 처음에는 사회적으로 규정되고 주어진 '탐스러운' 선생님이고자 했을 것입니다. 하지만 현장에 와 보니 실정이 다릅니다. 선생님이긴 한데 엄마여야 하는 일입니다. 그러니 얼마나 갈등이 많았겠습니까. 하지만 그이들은 힘에 부치는데도 센터 일을 계속하고, 그 일에서 사회적 가치를 찾기 위해 연수까지 오신 분들입니다. 어쩌면 그들은 이미 "탐스럽게 익는 것이 결코 자두들의 목표"가 아니라는 것을 깨우쳤던 것일지도 모릅니다. 왜냐하면 밤을 새어가며 했던 이야기들이 하나같이 제 몸에 아이들을 들여 가슴으로 낳아 기르며 마주쳤던 일들이었으니 말입니다. 그이들이야말로 "딴딴한 자두가 제 몸에 벌레 한 마리 들이는 일로 하여/ 익어가는 사건"의 당사자이고, 바로 사회적 엄마로 거듭 태어난 분들이었던 것입니다. 전날 밤 넘쳐흐르던 그 많은 이야기와 웃음과 울음과 한숨은 바로 사회적 엄마의 향(香)이었던 것입니다. 아이들에게 자기를 내어주는 사랑으로 비로소 사회적 엄마로 태어난 자들의 향기 말입니다.

정말이지 "향이란 내어준 만큼의 사랑"입니다.

센터 선생님들은 바로 이런 자두 향을 가지신 분들입니다.

다시 한 번 말합니다.

"딴딴한 자두가 제 몸에 벌레 한 마리 들이는 일로 하여/ 익어가는 사건"
이 바로 선생님들이 아이들을 품어 사회적 엄마로 거듭나는 사건입니다.

이런 사랑이 향기가 됩니다.

그 향기가 세상을 아름답게 합니다.

바로 사회적 엄마로 태어난 당신이 말입니다.

품는 행위의 어려움을 이기며 사회적 엄마가 되어 간다

꿈두레교사 공동창작 「처음 오신 선생님께」
권명주 「어떤 변주變奏의 끝」
조혜미 「눈 오는 날」

생명을 품는 일은 아무리 좋은 마음을 먹더라도 힘든 일입니다. 둘이 하나가 되는 것이니 쉬울 수 없습니다. 혼자서 100미터를 16초에 주파하는 분이 다른 분과 한쪽 발을 묶고 2인1조로 달린다고 생각해 보십시오. 한 세월일 겁니다. 오랜 훈련을 통해 호흡이 잘 맞더라도 혼자 달리는 것보다는 훨씬 못할 것입니다. 뿐만 아니라 모든 면에서 혼자 달릴 때와는 다른 존재가 되어야 할 것입니다. 그러니 연약한 생명체를 품었다는 생각을 해보십시오. 산모의 경우를 떠올려 보더라도 정말 모든 게 달라진다는 말이 실감될 것입니다. 자기가 있긴 한데 자기가 없는 상태, 하다못해 숨 쉬는 일조차 달라진다고 하니 생명을 품는 일은 매우 어려운 일입니다. 게다가 사회적 엄마는 품어야할 아이들이 이미 마음에 큰 상처를 입은 경우가 대부분입니다. 그러니 그 어려움과 아픔은 이루 말할 수 없을 것입니다.

이것이 사회적 엄마의 기본적 조건입니다.

그래서 고참 선생님이 젊은 선생님들에게 해주는 말이 이구동성입니다.

처음 오신 선생님께

꿈두레교사 공동창작

센터 고참선생들이
처음 오신 선생님께 하는 말이다

오래 있어 주세요
판단하지 마세요
기다려주세요
일단 지켜보세요
애들 하고 친해져 보세요
그냥 애들 말을 들어주세요

이 말의 공통점은
우선 네 속에 아이들이 있도록 하라는 것이다

신기하게도 다른 사람이 다른 말을 하는데 내용이 "우선 네 속에 아이들이 있도록 하라는 것!"으로 모입니다. 놀랍습니다. 다른 멋들어진 말이 하나쯤은 나올 법도 한데 다 한 방향입니다. '판단하지 말고—일단 지켜보고—

기다리고−친해져 보고−그냥 애들 말을 들어주며' 품으라는 것입니다. 품 는 것이 센터 일의 전부이기에 품에 들여놓는 일만 할 수 있다면, 할 수 있 도록 노력만한다면 된다는 것입니다. 품는 일의 어려움을 견디길 바라는 것입니다. 어쩌면 센터 선생님의 길은 견디면서 조금씩 아주 조금씩 열리 는 것일지 모릅니다. 마치 송아름 선생님이 황망한 일을 겪으면서도 "센터 선생노릇을 하고 있는 동안/ 어쩌면 나는 귀머거리일지 모른다/ 나를 보고 있던 겁먹은 아이들을 지키는"이라고 생각했던 것처럼 정말 조금씩 사랑의 능력은 쌓이는 것입니다.

그래서 더더욱 잊지 말아야 할 것이 '견디다'입니다.

견디면서 사랑할 수 있는 능력을 쌓아가며 품을 넓히는 것입니다.

그리고 보면 이룸이 있는 일들은 하나같이 어려움과 고통이 있습니다. 마치 이룸이 고통을 헤쳐 나아가는 노력의 보답이기나 하듯이 말입니다. 좀더 적극적으로 생각하면, 나의 창조적인 능력을 불러내기 위해 고통이 있기라도 하듯이 말입니다. 아이들을 품기에 따르는 고통 역시 좋은 생명 적 관계를 만들기 위한 진통이고, 더 나은 아이의 출산을 위한 조건일지 모 릅니다. 그래서 젊은 선생님들이 아파할 때도 고참 선생님이 해답을 드리 지 못하고 면목 없게도 '견뎌라!'를 반복하는 것입니다. 사회적 엄마가 되어 가는 길은 오직 자기 가슴으로 품어 어려움을 이기는 행위를 통해서만 열 리고 쌓이는 것입니다.

그래서 '견디다'를 수동이 아니라 능동으로 바꿔야 합니다.

어려움을 견디기만 하는 것이 아니라 어려움을 지배하기 위해 맷집을 키우듯 해야 합니다. 그러기 위해서라도 점점 품을 수 있는 자신만 남겨두고 품는 것을 방해하는 자기를 버려야 합니다. 그것이 사회적 엄마가 되어 가는 길입니다.

사회적 엄마는 교과서에 있지 않습니다.

사회적 엄마는 자격증에 있지 않습니다.

사회적 엄마는 한 번의 결심으로 생겨나는 것도 아닙니다.

사회적 엄마는 품는 어려움과 고통을 이기며 이긴 만큼 조금씩 자라나는 것입니다.

고군분투 하시는 젊은 선생님의 다음 시를 읽으며 생각해 보겠습니다.

어떤 변주(變奏)의 끝

권명주

선생님을

조발년

권발년

허발년으로 부르는 것은

씨발년의 변주인데

그래도 지켜야 하는 아이를 지키기 위해

관두지 못하고 버틴다고

그나마 맞지 않아서 다행이라고

생각하지만

한 번은 두 놈이 싸우는데

여선생 넷이 달려들어도 떼어놓을 수가 없었고

그때 만약 한 놈이 주먹을 날리면 도리 없을 거라

그래도 안 맞아서 다행이라고

생각하지만

이러면서 선생을 계속해야 하나

그래도 지켜야 하는 아이들을 지켜야지

그러면서 선생을 계속해야 하나

그래도 그래도 생각하다가

오! 생각한다

드디어 내가 맞을 준비를 하고 있구나

안타까운 센터 현실이야깁니다. 하지만 보십시오. 품는 자는 도망치지 않습니다. 그렇다고 견디기만 하고 있는 것도 아닙니다. 견디면서 맷집을 불리고 이겨낼 힘도 마련합니다. "이러면서 선생을 계속해야 하나/ 그래도 지켜야 하는 아이들을 지켜야지/ 그러면서 선생을 계속해야 하나/ 그래도 그래도 생각하다가// 오! 생각한다/ 드디어 내가 맞을 준비를 하고 있구나"

를 깨닫습니다. 견디면서 견디지 못하게 하는 감정을 버리려는 방향이 섰기에 찾아든 생각이고, 더 강하게 품을 수 있는 마음 준비입니다. 누가 봐도 안쓰럽고 비참해 보일 수도 있는 이 과정을 통해 이렇게 스스로를 딛고 사회적 엄마가 되어 가는 것입니다. 누가 시켜서가 아니라 생명적 관심에서 시작한 적극적 사랑의 힘이 그 길을 찾는 것입니다.

그래서 사회적 엄마는 누가 가르쳐서 가능한 것이 아닙니다. 앞서 고참 선생님들이 젊은 선생님에게 주는 말처럼 "오래 있어 주세요/ 판단하지 마세요/ 기다려주세요/ 일단 지켜보세요/ 애들 하고 친해져 보세요/ 그냥 애들 말을 들어주세요"를 통해 제 몸을 구체적으로 만들어가는 '되기'입니다. 건너뛸 수 있는 것도 없고, 적당히 지나칠 것도 없고, 대신할 수 있는 것도 없습니다. 이겨내야 합니다. "선생님을/ 조발년/ 권발년/ 허발년으로 부르는 것은/ 씨발년의 변주인데/ 그래도 지켜야 하는 아이를 지키기 위해/ 관두지 못하고 버틴다고/ 그나마 맞지 않아서 다행이라고/ 생각하지만"의 상황은 참 가혹하고 혐오스럽기도 합니다. 그래서 무력해질 수도 있습니다. 하지만 "지켜야 하는 아이를 지키기 위해"라는 마음자리를 지킵니다. 그를 지키기 위해 마음 아파하고 울며 견디고 다시 그 자리에서 사랑의 구체적 능력을 키워나가는 것입니다.

이 일을 누가합니까?

– 센터 선생님들이 합니다.

송아름 선생님이나 권명주 선생님이 그리고 센터의 모든 선생님들이 품는 행위의 어려움을 조금씩 이겨내며 사회적 엄마가 되어갑니다.

이겨내는 힘이 무엇입니까?

— 품는 적극적인 사랑입니다.

지켜야 할 생명이 있다면 품는 마음을 놓치지 않으려는 안간힘이, 선생님 스스로 사랑의 무력감에 저항하며 아파하고 연결할 수 있는 생명의 끈을 만들며 사회적 엄마가 되는 것입니다. 그게 품는 적극적 사랑의 능력입니다.

그를 위해 다음과 같은 주문을 외우기도 한다고 합니다.

눈 오는 날

조혜미

눈이 오는 날

달리는 차 안에서 보면

눈을 뚫고 기필코 눈이 오는 곳을

찾아가는 기분이다

물론 나는 편하고 안전하게

운전대를 잡고 있지만

찾아가야할 곳이

속도로 내 얼굴에 부서진다 절박하게

저 눈들이 나를 데려가

자기의 처음을 보게 해줄 것 같은

이 눈물겨운 착각

학교 밖 아이들을 가르치는 일을 시작하고부터는

눈이 오는 날이면

아이들의 눈 같았던 처음으로

찾아간다고 주문(呪文)한다

너를 찾아간다고

눈 오는 날, 차 유리창에 부딪히며 스쳐가는 눈이 마치 운전자인 자신을 눈이 내리는 그 처음을 찾아가는 자로 느끼게 합니다. 눈도 마치 "나를 데려가/ 자기의 처음을 보게" 해 주려는 것 같은 착시현상을 일으킵니다. 그런데 이런 착시현상을 "학교 밖 아이들을 가르치는 일을 시작하고부터는" 눈의 처음이 아니라 아이들의 "눈 같았던 처음으로/ 찾아간다고 주문(呪文)한다"고 합니다. 온갖 사건 사고를 일으키는 아이들이 이 세상에 처음 왔을 때, 눈처럼 깨끗했을 그때를 찾아간다고 스스로 주문을 걸며 아이들에게 갑니다. 얼마나 힘들었으면 출근길 그 화려한 눈의 군무를 다른 것도 아닌 아이들의 왜곡되지 않고 때 묻지 않은 그때를 찾아가는 길로 주문하겠습니까?

이렇게 사회적 엄마는 어떻게 해서든 품어야 하는 일을 행하려는 것입니다.

자기죽음이라는 말과 사회적 엄마의 탄생

이종님 「김치맛을 생각하다」
오철수 「어떤 세례식(洗禮式)」

모든 이룸은 어려움과 부딪히고 견디며 새로움의 창조로 답하는 것입니다. 생명을 품어 낳는 일도 그렇습니다. 엄마가 아이를 품었을 때를 생각해 보십시오. 기쁨과 동시에 커다란 어려움이 밀려옵니다. 이전까지와는 다른 10개월을 살며 생명 나눔을 해야 합니다. 센터 선생님이 아이를 품었을 때를 생각해 보십시오. 생명적 관심에 의한 적극적 사랑 행위로 품지만 생각지도 못한 어려움이 밀려듭니다. 그 아이를 품기 이전과는 참 많이 다른 생명 나눔의 삶을 살아야 합니다.

그래서 생명을 품는다는 일은 내가 달라지는 것을 전제합니다.

내가 그대로이면서 품을 수 없고, 혹여 품었더라도 달라지지 못하면 품은 것이 죽습니다. 품은 것이 죽지 않도록 하려면 품기 이전의 나를 변화시켜야만 합니다. 이전의 나를 부정하며 새로운 나로 만들어야 합니다. 자기 죽음을 단행하며 우리가 되고, 우리 안에서 너와 나의 생명 나눔의 관계를 만들어야 합니다. 특히 연약한 생명을 품었을 때는 더욱 그래야 합니다.

이렇게 자기를 변화시키는 것을 '자기죽음'이라고 부를 수 있습니다.

그리고 그것은 기존의 자기를 부정해야 하는 것이기에 고통스럽습니다. 하지만 자기죽음의 고통을 동반하지 않고는 결코 엄마도 사회적 엄마도 '우리'도 될 수 없습니다.

이런 변신(變身)의 존재를 설명하기 위해 간단한 도식을 만들어 보겠습니다.

1단계―품기 이전 : 분리된 개체로서 〈나는 나다, 아이는 아이다.〉

2단계―품는 단계 : 생명 나눔을 위해 이전의 자기부정과 자기죽음이 일어나며 〈나는 내가 아니다.〉가 되고, 아이 역시 생명 나눔을 통해 이전의 자기를 부정하며 성장하기에 〈아이도 아이가 아니다.〉

3단계―낳는 단계 : 생명 나눔을 통해 '우리'라는 원융적(圓融的) 하나 안에서 〈나는 나다, 아이는 아이다.〉

* 이 도식에서 1단계와 3단계가 외관상 같아 보이지만 내용적으로는 완전히 다릅니다. 자기죽음을 거쳐 온전한 생명 나눔의 관계로 3단계가 되는 것입니다.

이런 변화의 예를 들어보겠습니다.

김치맛을 생각하다

이종남

빠알간 고춧가루 양념에 방금 버무려진 김치

탱탱하게 번들거리는 모습이 금방이라도 좍 틀어질 자세라

누가 보더라도 한 입 거들고 싶어진다

와사삭, 깨물면 소리도 요란하다

그러던 것이 한 사나흘 지나면 미친다

배추가닥의 수분은 짠 젓갈에 다 빼앗겨 버리고

매끄러운 몸 위에 화장분처럼 발라져 있던 고춧가루

찌르듯 몸안으로 스며드는 화끈화끈한 통증

최적의 온도로 발효를 건너뛰려 해도

숙명과 같은 숙성의 어둡고 냄새나는 통로

나라도 미치지 않고는 배기지 못할 것이다

그래서 그때의 김치맛은 니맛도 내맛도 아닌

싱싱함도 없고, 달착지근하게 엉겨 붙지도 못하는

혀끝에서 맴돌다 사라져 버리는 보잘것없는 맛이다

그러나 김치는 익어 가고 있는 것이다

땀내 나고 우울한 그 길을 가지 않고는 도달할 수 없는

인생의 어떤 의미처럼

잠시 잠깐 아무도 거들떠보지 않는 거기에서

김치는 익어 가고 있다

배추와 김치는 같으면서 위상의 변화를 이룬 다름입니다.

여자와 엄마도 같으면서 위상의 변화를 이룬 다름입니다.

교사와 사회적 엄마도 같으면서 위상의 변화를 이룬 다름입니다.

여기서 위상의 변화란 이전의 자기(배추, 여자, 교사)를 몰락시키며 새로운 차원으로(김치, 엄마, 사회적 엄마) 돋움하는 것입니다. 간단하게, 자기 죽음을 동반한 변신(變身)입니다.

배추가 김치가 되기 위해, 교사가 사회적 엄마가 되기 위해 '품는다'는 것은 2단계입니다. 1단계와는 매우 다른 상태입니다. 배추가 배추이길 고집하고 교사가 교사로만 있길 고집하면 2단계로 나아가지 못합니다. 다른 것을 품어 다른 하나가 될 때 거듭나는 새로움이 열립니다. '다른 하나'가 되었기에 이전의 자기는 부정될 수밖에 없습니다. 아이를 가진 여성이 제멋대로 할 수 없는 것과 마찬가지입니다. 그리고 2단계를 잘 거쳐야 건강한 아이를 출산하고 엄마가 됩니다.

그럼 2단계에서 꼭 필요한 게 무엇일까?

첫째, 의식적인 자기부정과 자기죽음의 단행입니다.

상식적으로 생각해도 아이를 품는다는 것은 불편함을 감수하는 것입니다. '우리'라는 차원이 생겨나는 것입니다. 내가 나를 다 고집하는 한 '우리'라는 새로움은 있을 수 없습니다. 어제와 그대로 일 수밖에 없습니다. 배추가 배추를 고집하고 있으면 김치가 될 수 없습니다. 선생님도 선생님만을 고집하면 사회적 엄마로 나아갈 수 없습니다. 그래서 배추는 자기부정을 단행해야 합니다. 아이를 품는 적극적인 사랑 또한 자기죽음을 단행해야 합니다. 그것은 본능적으로도 그러해야 하고 의식적으로도 그러해야 합니다.

둘째, 고통과 견딤의 시간이 필요합니다.

자기부정과 자기죽음은 결코 쉬운 일이 아닙니다. 그리고 이상적으로 일어나지도 않습니다. 자기파괴는 어떤 의미에서든 고통을 동반합니다. 그 고통 때문에 변신을 포기하기도 합니다. 참 힘든 과정입니다. 그래서 시인도 다음처럼 표현합니다. "그러던 것이 한 사나흘 지나면 미친다/ 배추가닥의 수분은 짠 젓갈에 다 빼앗겨 버리고/ 매끄러운 몸 위에 화장분처럼 발라져 있던 고춧가루/ 찌르듯 몸안으로 스며드는 화끈화끈한 통증/ 최적의 온도로 발효를 건너뛰려 해도/ 숙명과 같은 숙성의 어둡고 냄새나는 통로/ 나라도 미치지 않고는 배기지 못할 것"이라는 시간! 이때 자의식의 상태는 "니맛도 내맛도 아닌/ 싱싱함도 없고, 달착지근하게 엉겨 붙지도 못하는/ 혀끝에서 맴돌다 사라져 버리는 보잘것없는 맛" 정도입니다. 권명주 선생은 다음처럼 표현합니다. "이러면서 선생을 계속해야 하나/ 그래도 지켜야 하는 아이들을 지켜야지/ 그러면서 선생을 계속해야 하나/ 그래도 그래도 생각하다가// 오! 생각한다/ 드디어 내가 맞을 준비를 하고 있구나"(「어떤 변주(變奏)의 끝」에서)

셋째, 고통을 창조로 전환하는 노력이 필요합니다.

품는 것의 어려움을 생각한다면 고통을 견디는 것만으로 존경할 만합니다. 하지만 고통을 견디는 것만으로는 부족합니다. 우리는 고통을 견딤으로써, 자기희생의 크기를 과시하면서 자기의 강함을 자랑하는 사람들이 아닙니다. 품는 것의 목적은 함께 더 건강한 생명적 관계이고자 하는 것입니다. 그래서 고통을 새로움의 창조로 전환시킬 수 있어야 합니다. 자기가 깨지는 아픔과 고통을 창조의 동력으로 삼아서 더 큰 생명적 품으로 변해가야 합니다. 거기에서만 "익어 가는" 새로운 생명 창조가 이루어집니다. 배추가 김치가 되는 것도, 여자가 엄마가 되는 것도, 선생님이 사회적 엄마가 되는 것도, 우리 민족의 창조설화에서 곰이 시조어머니(웅녀)가 되는 것도 하나같이 자기죽음의 고통을 견디면서 창조 동력으로 삼았기에 일어난 크나큰 변화입니다. (참고로, 고통을 견디기만 한 것은 그것을 이겨냈더라도 고통이 고통인 채로 몸과 정신에 그대로 남아 있게 됩니다. 그래서 다음에 비슷한 고통이 예상될 때는 이전의 고통에 붙들려 회피하려고 합니다. 하지만 어머니들은 그렇지 않습니다. 아이가 태어남과 동시에 이전의 고통을 넘어서 기뻐합니다. 그 기쁨이 이전의 고통을 지웁니다. 지우지 못할 경우라도 아이를 안는 순간 고통을 이겨낸 커다란 보답임을 압니다. 그렇기에 이전의 고통에 대해 다르게 생각할 수 있는 시각을 갖게 되고, 다시 품을 수 있는 것입니다.)

이렇게 아이를 품어 새로움을 낳는 행위는 다 이전의 자기를 부정하는 자기죽음, 고통의 견딤, 고통을 창조로 답하는 생명적 노력 없이는 불가능합니다. 센터 선생님들도 아이를 품음으로써 "니맛도 내맛도 아닌" 고통스러운 시간을 거쳐 새로운 생명을 낳는 사회적 엄마가 됩니다. 또 그 아이를 보는 순간, 이전의 고통이 씻은 듯 사라집니다. 머리가 나빠서 잊어버린 것이 아니라 스스로 더 커다란 더 풍요로운 존재로 변했기에 —이것이 진정한 의미의 성장이고 변신이다— 이전의 고통이 외려 감사하게 느껴지는 것입니다.

저는 성남 〈함께하는청소년학교〉 졸업식에서 이런 변신을 맞이하는 선생님을 봤습니다. 아마 해를 마무리 하신 센터 선생님들이 다 이와 같았을 것이라 생각하며 기쁜 마음으로 읽어드리겠습니다.

어떤 세례식(洗禮式)

오철수

명주샘은

학교에서 학교 밖으로 나가려는 아이들을

위탁받아 가르치는 선생님이다

수업시간에 이불을 뒤집어쓰고 있는

하느님들을 가르치고 계시니

오죽하실까만

시집도 안 간 얼굴이

아침에는 뽀얗다가 저녁에는 어두워지고

사월에는 쌩쌩했다가 십이월엔 시커멓게 변한다

태교하는 새댁처럼 좋은 맘만 먹겠노라

맨날 다짐하는데도 그 지경이니

걱정이다 걱정이다 했는데 오늘!

크리스마스카드에 있는 천사 얼굴이다

이유인즉 그 못된 하느님들이 아주 찐하게 안아주면서

교실이 떠나가도록 소리쳤기 때문이다

선생님 때문에 오줌 누는 시간도 없는

졸업식도 무사히 마쳤다고

이 선생님이 "그래도 안 맞아서 다행이라고/ 생각하지만// 이러면서 선생을 계속해야 하나/ 그래도 지켜야 하는 아이들을 지켜야지/ 그러면서 선생을 계속해야 하나/ 그래도 그래도 생각하다가"(「어떤 변주(變奏)의 끝」에서)라고 했던 그 권명주 선생님입니다. 정말이지 센터 선생님들은 아이를 품는 순간 병드는 것일지도 모릅니다. 왜냐하면 이전까지의 자기를 부정하며 자기죽음을 단행해야 하기 때문입니다. 그래서 견딥니다. "태교하는 새댁처럼 좋은 맘만 먹겠노라/ 맨날 다짐"하며 아이들과 함께 합니다. 제가 본 바에 의해도 "시집도 안 간 얼굴이/ 아침에는 뽀얗다가 저녁에는 어두워지고/ 사월에는 쌩쌩했다가 십이월엔 시커멓게 변"합니다. 아이들 때문에 병도 생기고 약도 생깁니다. 슬픔도 얻고 기쁨도 얻습니다. 그 과정을 거쳐 '하나이면서 둘이고 둘이면서 하나(一而二 二而一)'인 원융적 관계가 됩니다.

그렇기에 아이를 보육 대상으로만 생각하면 안 됩니다. 품어서 원융적 관계로 나아가는 관계에서 아이는 대상이 아니라 관계적 주체입니다. 그 아이로 하여 내가 사회적 엄마가 되는 것입니다. 그래서 아이들이 선생님에게 사회적 엄마라는 세례를 주는 진풍경이 만들어지는 것입니다.

▌견딤과 기다림은 아이들이 돌아오는 길이다

꿈두레교사 공동창작 「살 수 있는 아이가 되다」
오일화 「걸작」
손명균 「기다리는 것이 그냥 대책일 때」

기다림은 마중입니다.

아이들은 사회적 엄마의 기다림이라는 끈을 붙잡고 생의 미로를 걷고, 그 길목 어디에선가 그 끈을 당겨보며 엄마의 존재를 확인합니다. 또 언젠가는 그 끈을 되감아 길을 잃지 않고 엄마에게로 옵니다.

그렇기에 기다림은 아이가 돌아올 길로 마중 가는 일입니다.

하지만 유독 센터 선생님들에겐 이 기다림이 힘에 겹습니다. 이유는, 사회적 엄마가 맞이하는 아이들 대부분이 이미 커다란 인간적인 아픔과 상처를 가지고 있기 때문입니다. 그 아픔이 표현되는 비행부터 거친 행동 모두를 가슴으로 품어 견뎌야 합니다. 권명주 선생님의 말처럼 "한 번은 두 놈이 싸우는데/ 여선생 넷이 달려들어도 떼어놓을 수가 없었고/ 그때 만약 한 놈이 주먹을 날리면 도리 없을 거라/ 그래도 안 맞아서 다행이라고/ 생각"(「어떤 변주(變奏)의 끝」에서)할 정도로 어떤 안전장치도 없습니다. 행정적 재정적 뒷받침은 턱없이 부족합니다.

그래도 선생님들은 아이의 상처에 대한 치유와 돌봄이라는 독특한 일을 포기하지 않았습니다. 다시 힘내서 동료선생님들의 어려움을 나눕니다. 의식적이고 의지적으로 더 어리석게 받아내고 있는 것입니다. 매일같이 아이들의 살아 있는 상처와 마주하고 있음을 누구보다 잘 아는데 어쩌겠습니까.

확실히 현재의 센터는 선생님들의 헌신과 희생에 의존합니다.

하지만 이런 진단이 무슨 상관이란 말입니까? 지금, 아이들은 자기의 상처로 아파하고 있습니다. 그 아픔 때문에 다른 사람의 시선에 둔합니다. 자기 아픔으로 다른 아이를 아프게도 합니다. 그래서 생명적 관심과 능동적 사랑은 그 아이를 껴안을 수밖에 없는 것입니다. '생명의 힘에 대한 믿음'과 '아이는 성장 변화한다'는 믿음으로 아이들의 상처를 가슴으로 품는 돌봄을 자임하는 것입니다. 아이가 자신의 상처를 치유하면서 사회적으로 수용 가능한 존재가 되도록 노력하는 것입니다.

그래서 사회적 엄마의 덕목은 견디는 '기다림'입니다.

"늦은 밤/ 모르는 초등학생이 센터 소파에서/ 곰 인형을 끼고 잠들어 있는 것을 발견했다/ 갈 곳이 없다고 했다// 이 황량한 첫 만남 이후/ 눈을 마주칠 수 있게 될 때까지/ 친구들과 말을 섞을 수 있게 될 때까지/ 묻는 말에 제대로 대답할 수 있게 될 때까지/ 예뻐하면 받아들일 수 있게 될 때까지/ 제 밑 동생들을 챙길 수 있게 될 때까지/ 일 돕겠다고 나설 때까지/ 그 아이 옆에 있었다/ 곰 인형처럼"(백재은「곰 인형처럼」에서) 기다리는 것입니다.

눈도 마주치질 못하는데 어쩌겠습니까? 기다려야 합니다. 친구들과 말을 섞을 줄 모르는데 어쩌겠습니까? 기다려야 합니다. 예뻐해 줘도 받아들일 줄을 모르는데 어쩌겠습니까? 그냥 기다릴 수밖에 없는 것입니다. '선생님이 너의 곰 인형처럼 옆에 있으니 안심하고 해봐!'라는 무언의 눈빛을 주며 기다려야 합니다. 상처 입고 손상된 아이의 생명이 기운을 되찾아 건강을 회복할 때까지 기다립니다.

다음 시를 읽으며 생각해 보겠습니다(이 시는 〈아이의 생명적 힘을 철석같이 믿는다〉에서 아이들의 상황을 말하기 위해 소개했습니다. 여기서는 선생님의 기다림의 특수성이라는 관점에서 읽겠습니다).

살 수 있는 아이가 되다

꿈두레교사 공동창작

초등학교 1학년인데
팬티를 입어야 한다는 것도
양치질이라는 것이 있는 줄도
모르는 아이였다

센터에 와서 밥만 먹었다
모든 신경이 밥시간으로만 가있다
책을 붙들고 있는 것도

오직 밥을 위해서다

그런 놈이 6학년이 되었는데
대여섯 명 패밀리의 리더가 되어
온갖 사고를 치고 다닌다
아이가 쓴 〈용서〉라는 제목의 짤막한 글 내용이
"모든 슈퍼아줌마들에게 용서를 받고 싶다"였으니

센터 선생님들도
고개를 절레절레 흔들지만
이젠 이 세상에 말할 수 있다
살 수 있는 아이가 되었다고
12살 인생 동안 보호자가 7번이나 바뀌었던
그 삶은

　　시를 읽기만 해도 사회적 엄마의 기다림의 특수성을 느낄 것입니다. 사회적 엄마의 기다림은 그저 비행소년이 사회적으로 수용 가능한 존재가 되었으면 하는 바람보다 더 근원적인 내용을 갖습니다. 그럴 수밖에 없는 것이 그 아이는 이미 너무 커다란 아픔과 상처를 받았습니다. 생각해 보십시오. "초등학교 1학년인데/ 팬티를 입어야 한다는 것도/ 양치질이라는 것이 있는 줄도/ 모르는 아이"입니다. 우리가 알고 있는 '인간적인'이라는 말로부터 단절 고립되어 있던 아이입니다. 그 아이가 인간적인 관계의 세계로 나온 것입니다. 커다란 공포와 두려움에 떨 수밖에 없습니다. 그래서 보이는 반응이 '죽음과 삶' 사이의 가장 본능적인 행위인 '먹는 것'에 집중됩니다. "센터에 와서 밥만 먹었다/ 모든 신경이 밥시간으로만 가있다/ 책을 붙들고 있는 것도/ 오직 밥을 위해서다".

사회적 엄마는 이 상태를 기다림으로 견뎌야 합니다.

손상되고 파괴된 아이의 생명적 기운이 회복될 때까지!

그 과정에서 왜곡된 생명적 상태가 불러일으킬 못나고 못된 짓이 얼마나 많겠습니까. 말 그대로 "그런 놈이 6학년이 되었는데/ 대여섯 명 패밀리의 리더가 되어/ 온갖 사고를 치고 다닌다/ 아이가 쓴 〈용서〉라는 제목의 짤막한 글 내용이/ '모든 슈퍼아줌마들에게 용서를 받고 싶다'였으니" 그 기다림의 시간을 상상하는 것만으로도 눈물겹습니다.

그런데 사회적 엄마는 무엇을 기다린 것입니까? 그 아이가 마음잡고 공부 열심히 하는 아이가 되길 기다린 것입니까? 물론 그런 마음 간절했을 것입니다. 하지만 사회적 엄마가 기다린 것은 그 이전 단계로서 하나의 생명으로서 생명적 기운이 회복되길 기다린 것입니다. "센터 선생님들도/ 고개를 절레절레 흔들지만" 그때까지 할 수 있는 것이란 아이가 생명적 관계를 맺을 수 있을 자기에 대한 믿음과 인간에 대한 신뢰가 생겨나길 기다릴 수밖에 없는 것입니다. 그래서 냉혹한 사회적 눈으로 보면, 1학년부터 시작해 6학년이 될 때까지 따뜻한 밥 먹여 비행을 저지를 수 있도록 해준 것일지도 모릅니다. 실제로 대놓고 그렇게 말하는 외부인들도 있습니다. "아직도/ 인간에 대고/ 세상에서 가장 막되 먹은 말을/ 냉정한 이성의 폼으로/ 하는 경우가 있다// 저 애들 밥 먹여줘 걱정 없이 사고 치게 도와주는 것 아니에요?"(꿈두레교사 공동창작「밥 힘」에서) 하지만 사회적 엄마는 결코 그렇게 생각하지 않습니다. 지금 그 아이는 생명 초기에 받았던 인간적인 배신과 상처를 치유하는 과정이라고 생각합니다. 다만 되도록 빨리 자신의 손상된 생명적 힘을 회복하고, 센터의 최소한 돌봄일지라도 그를 통해 인간적 신뢰가 회복되길 바랍니다. 그런 기다림이었기에 비행소년인 아이를 보면서도 이제 안도의 한숨을 내쉬며 "이젠 이 세상에 말할 수 있다/ 살 수 있는 아이가 되었다"고 하는 것입니다.

물론 이런 기다림에 대해 외부에 있는 사람은 크게 걱정할 수 있습니다. 왜냐하면 그 아이는 여전히 비행소년이기 때문입니다. 하지만 그처럼 무기력한 생명에서 기력을 가진 아이로 변화를 일으킨 아이입니다. 사회적 엄마는 그것만으로도 거룩한 성장이라고 말합니다. 그 엄마가 이미 6년을 믿고 기다려 지금에 이르렀는데, 사회적 관계에서 신뢰 있는 행동을 할 수 있는 아이로의 변화를 위해 까짓것 또 6년인들 더 못 기다리겠습니까.

이렇게 사회적 엄마의 생명에 대한 믿음과 변화에 대한 기다림은 가장 가까운 부모에 의해 손상되었던 인간에 대한 신뢰를 회복하고 생명적 나눔 관계의 한 주체로 돌아오는 계기가 됩니다.

이것이 사회적 엄마의 기다림의 독특한 측면입니다.

다음 시를 읽겠습니다.

결작(傑作)

오일화

식판을 들고 오다

선생님하고 부딪혔는데

곧바로 터져나온 말

'에이 씨─'

중1, 머리에 피도 안 마른 놈이 선생님에게 한 이 말

그런데 선생님이 말한다

'내가 잘못했어. 내가 치울게.'

무릎을 꿇고 닦는다

그 순간

아이는 어쩔 줄 모르고

씨익 웃는 선생님은 아이가 '에이 씨─'라고 한 것이

오히려 고맙다고 하고

보통의 눈으로 보면 말도 안 되는 장면입니다. 아이도 상도(常道)를 넘어섰고 선생님도 상도를 넘어섰습니다. 그런데 이 장면의 제목이 '결작'입니다. 도대체 이 장면이 왜 결작일 수 있습니까? 이유는, 거기에 하나의 생명

을 옳고 그름이 아니라 생명적 상태로 보고자 한 선생님의 행위가 있기 때문입니다. 선생님은 아이가 손상된 생명적 기운을 회복하길 바라고 있었고, 바로 그 아이가 "에이 씨-"라고 생명적 반응을 한 것입니다. 그러니 얼마나 감격적인 순간이겠습니까. 그래서 고마운 것입니다. 또 아이는 아이대로 "내가 잘못했어. 내가 치울게.' / 무릎을 꿇고 닦는" 선생님의 모습을 보며 순간 '받아들여 줌'을 경험한 것입니다. 자기의 활동 거의 모든 것을 부정당하던 아이에게 이런 순간은 엄청난 체험입니다. 왜냐하면 자신을 부정하지 않는 한 사람이 있다는 것, 그것도 가까이에 있다는 것을 의식하게 된 계기이기 때문입니다. 무기력과 무반응으로 표현되던 아이의 닫혀 있는 마음에 '어쩔 줄 모르는' 소요가 생긴 것입니다. 그 '어쩔 줄 모르는' 표정과 '씨익 웃는 선생님'의 마음이 어울려 걸작이 되는 것입니다.

그러니 사회적 엄마의 기다림은 아무것도 하지 않는 것이 아닙니다.

그 아이의 상처를 가슴으로 안아 새롭게 낳는 특별한 과정입니다.

아이들도 그 기다림 동안 아무것도 하지 않는 것이 아닙니다.

아이도 선생님을 사회적 엄마가 되게 하는, 낳는 과정입니다. 그 과정을 통해 아이는 생명적 기운을 회복하고 무너졌던 관계 속에서 '신뢰할 수 있음'의 '비빌 언덕' 하나를 얻게 되는 것입니다.

그래서 기다림의 '이루는 힘'[공능(功能)]을 의심해서는 안 됩니다.

앞서도 말했지만 사회적 엄마의 기다림은 아이들을 가슴으로 품어 낳는 과정입니다. 혈연적 엄마가 생명을 품어 몸에서 기르는 시간처럼 사회적 엄마는 아이들이 마음의 문을 여는 때까지 기다림이라는 형식으로 행합니다. 그래서 사회적 엄마의 기다림은 아이와 생명적 끈을 잇는 시간입니다. 아이와의 관계는 바로 그 끈에 의해 생겨나는 것입니다. 센터에 입소해서 자동으로 생기는 것이 아니라 기다림을 통해 생명의 끈을 만드는 것입니다.

그러므로 가슴으로 낳는 사회적 엄마는 그 끈을 절대 놓지 않습니다.

아이들도 절대로 그 끈을 끊을 수 없습니다.

생명의 끈이 만들어지면 그 끈은 삶의 기간 동안 지속합니다. 만약 아이들의 방황이 길더라도 그 끈을 끌고 다니기에 언제라도 끈을 당겨 혹은 끈을 되감아 생명의 자리로 되돌아 올 수 있습니다.

그걸 아는 사회적 엄마가 어떻게 기다림을 포기할 수 있겠습니까.

다음 시를 읽겠습니다.

기다리는 것이 그냥 대책일 때

손명균

5시에 문자를 보냈다

언제쯤 오니? -가고 있는 중

6시에 문자를 보냈다

어디니? -곧 도착할 것임

7시에 문자를 보냈다

어디? ―종합시장임

8시에 문자를 보냈다

왜 안 오니? ―답이 없었다

기다리는 것밖에 길이 없는 선생님은 그래도

문자라도 한 번 더 보내고

이름이라도 한 번 더 불러야

마음 놓인다고

담배 피우는 중1에게

문자를 보낸다

   사회적 엄마가 기다리는 것밖에 할 수 없다는 것은 무기력해서가 아니라
"기다리는 것이 그냥 대책"이어서입니다. 그게 대책일 수 있는 까닭은, 자
꾸 멀어지려는 원심력(遠心力)에 대해 생명의 끈이 구심력(求心力)으로 작
용하기 때문입니다. 튀어나갈수록 당기는 힘도 동시에 생기는 것입니다.
그렇기에 아이들이 엇나가는 것처럼 보이기만 할 때도 사회적 엄마의 마음
엔 구심력을 키우는 시간으로 느껴집니다. 그래서 그놈 귀에 들리지 않아
도 포기하지 않고 문자라도 한 번 더 보내고 이름이라도 한 번 더 불러보는
것입니다. 그 일 하나하나가 아이가 되돌아올 때 디뎌야 할 징검다리입니
다. 실제로 센터에서 사회로 진출한 많은 아이들이 이를 증언합니다. 그러
니 대답 없는 '문자를 보내는' 기다림은 무의미한 행위가 아니라 아이가 돌

아올 수 있는, 생의 미로에서 길을 잃지 않고 되감아 돌아올 수 있는 아리아드네의 실과 같은 것입니다.

그래서 사회적 엄마는 안타깝고 속상한 순간에 스스로에게 묻습니다.

'당신은 기다릴 수 있습니까?'

사회적엄마 16

당신이 나를 끝까지 지켜 주었습니다

김보민 「진리는 진리일지라도」
꿈두레교사 공동창작 「같이 있어주는 것」
오일화 「눈물」

아이들 각자의 사연들은 다르지만 공통적인 것은 그로 하여 존재의 불안
을 겪는다는 것입니다. 그래서 사회적 엄마는 그 불안을 누그러뜨리고 생
명적 힘을 키우도록 돕습니다. 여기서 존재의 불안을 누그러뜨리게 하는
방법은 생명적 나눔 관계를 잘 하여 아이들에게 믿을 구석이 되어주는 것
입니다. 물론 '믿을 구석'이라고 하여 배경 같은 거창한 역할을 말하는 것이
아닙니다. 어쩌면 아이들은 선생님이 힘이 없다는 것을 누구보다도 잘 알
겁니다. 예전에 자신의 부모들이 그랬듯이 자기들을 먹여 살리기 위해 매
일 걱정하고 힘들어 한다는 것을 말입니다. "공모사업 기획서를 쓴 것인데/
아이들도 이때는 뭔가 눈치를 챈 듯/ 살살 피해 다니며 고분고분해진다/ 그
게 미안해서 장난이라도 치면/ 금방 선생님 뭐 하세요 묻는다/ 참을 수 없
는 저 예쁜 입을 위해/ 우린 공모사업 기획서 쓰는 일을/ 아이들 먹여 살리
는 부업이라고 부른다"(꿈두레교사 공동창작 「공모사업 기획서 작성할 때」

164　사회적엄마의 **사랑법**

에서). 이렇게 아이들도 "눈치"로 어느 정도는 압니다. 개중에는 경우는 다르지만 오래전 자신의 집에서 있었던 경험에 비추어 알기도 합니다. 그렇기에 아이들이 바라는 '믿을 구석'이란 커다란 무엇이 아니라 '아무리 어렵더라도 선생님은 나를 버리지 않는다'는 확신입니다. 아이들은 본능적으로 그 상태를 압니다.

선생님은 아이들과 그런 신뢰의 관계를 만들어야 합니다.

이를 위해 필요한 것이 아이들 입장에서 생각하고 믿어주며, 어렵더라도 지켜 주려는 노력입니다.

먼저, 아이들 입장에서 생각하고 믿어주는 노력입니다.

다음 시를 읽겠습니다.

진리는 진리일지라도

김보민

두 아이가 싸웠다

매 맞은 아이의 부모가 와서

때린 아이의 사과를 받고 타이른다

사람이 사람에게 폭력을 휘두르는 것은 나쁜 행동이니

이제부터는 사이좋게 지내라고

누가 들어도 만고의 진리인

이 따뜻한 말에

아이가 네 라고 대답했지만

옆에서 보고 있는 선생님은 다시 한 번

가슴 미어진다

돌 때 가정이 쪼개져

9살 인생 동안 보호자가

할머니에서 새엄마로 그리고 고모

그리고 다시

늘 술에 취해 계신

원룸 아버지에게로 소속된

그 아이가 되어

그 아이처럼

꾸중 듣는 아이를 알고 있는 입장에서 보면, "사람이 사람에게 폭력을 휘두르는 것은 나쁜 행동이니/ 이제부터는 사이좋게 지내라"는 말은 결코 만고의 진리를 말한 게 아닙니다. 피해자 부모로서 아주 점잖게 그리고 정당하게 타이른 것이지만 아이에겐 자신이 부모에게서 겪은 원초적 상처를 후벼 판 형벌인 것입니다. 아이 입에서 '네'라는 말은 나오지만 선생님의 가슴은 미어집니다. 생각해 보십시오. "돌 때 가정이 쪼개져/ 9살 인생 동안 보호자가/ 할머니에서 새엄마로 그리고 고모/ 그리고 다시/ 늘 술에 취해 계신/ 원룸 아버지에게로 소속된/ 그 아이"에게 "사람이 사람에게 폭력을 휘두르는 것은 나쁜 행동"이라는 말은 자기 부모를 부정해야만 하는 말입니다. 만약에 피해자 부모도 아이의 이런 히스토리를 알았다면 이렇게 말하지 못했을 겁니다.

이처럼 선생님들은 아이들의 히스토리와 상태를 알고 염려합니다.

그래서 선생님은 아이의 입장에서 생각하고 다른 방식으로 야단도 치고 믿어줄 수도 있는 것입니다. 또 아이들도 선생님의 그런 마음 씀을 알아가기에 자신의 부모나 일반 어른들과 달리 신뢰할 수 있게 되는 것입니다. 선생님의 생명적 관심과 적극적인 사랑이 아이들의 마음을 조금씩 열게 하고 아이의 믿을 구석이 되는 것입니다. 선생님은 나를 버리지는 않겠구나 하는 어떤 신뢰가 아이 마음속에서 자라는 것입니다.

다음으로, 어렵더라도 아이를 지켜 주려는 노력입니다.

아이들도 자기가 하는 짓이 나쁜 것인지 좋은 것인지 정도는 압니다. 그러면서도 나쁜 짓을 합니다. 많은 경우 왜곡된 생명력의 표현입니다. 그런데 그런 자신을 선생님들은 견뎌주고 마음 아파하며 도와주려고 합니다. 어렵더라도 지켜 주려 합니다. 아이들도 그 정도는 압니다. 변하는 게 생각처럼 쉽지는 않지만 믿을 구석이 선생님뿐이라고 가슴 한 켠에 쌓고 있습니다.

다음 시를 읽으며 생각해 보겠습니다.

눈물

오일화

우리 아이들은 도망갈 곳도 없어요

어디 구석에 숨어 안전할 곳도 없어요

눈을 뜨면 배고픔으로 내쫓기고

거리에서는 살기 위해 죄를 지어야 해요

얼굴을 보고 웃고 싶지만 벌을 떠올리며

서로에게 상처를 주지요 웅크리고 견디죠

우리 아이들에게 이 세상은 혼돈이지요

자기를 믿어주는 한 사람만 있어도

기대고 싶고 착해지고 싶지만

저 아이와 놀지 말라는 편견 안에는

우리 아이들이 쉴 곳이 없어요

오늘도 선생님은 고개 숙인 아이의 손을 잡고

인근 슈퍼마켓 주인에게 가서 반성문을 쓰고 오죠

경찰에 넘기지 않는다는 말을 얻어내기 위해

모든 걸 아이의 죄로 자백케 하고 돌아와서는

아이의 자존심을 세워 줄 수 없었던

그 순간을 괴로워하며 울지요

자기의 죄처럼 사회를 향해 울지요

그 눈물로 아이들은 커가지만

어디 구석에 숨어 안전할 곳 없어요

이것이 오늘의 현실 이야기라는 것이 놀라울 따름입니다. 바로 그 아이들을 지켜 주는 이가 선생님들, 사회적 엄마입니다. 이 세상 어디 "도망갈 곳도", "숨어 안전할 곳도" 없는 아이들, "눈을 뜨면 배고픔으로 내쫓기고/ 거리에서는 살기 위해 죄를 지어야" 하는 아이들, 그래서 저희들끼리도 상처를 줄 수밖에 없는 그 아이들, "저 아이와 놀지 말라는 편견" 속에 더 이상 쉴 곳이 없는 위기의 아이들을 지키기 위해 사회적 엄마들이 울고 있습니다. 울면서 사회적 엄마가 되어 갑니다. 사회적 엄마는 이 아이들이 존재의 불안만 조금 누그러지면 건강한 생명적 힘을 발휘할 것이라 믿습니다. 그리고 아이들도 커다란 것을 바라는 것이 아니라 먹을 곳, 갈 곳, "자기를 믿어주는 한 사람만" 있으면 됩니다. 그걸 제대로 못 해주는 사회에서 그 일을 자임하는 것입니다. 이유도 모른 채 사회로부터 내몰리고 점점 더 내몰리는 악순환을 끊기 위해 자기를 내어주는 사랑을 합니다. 아이가 슈퍼마켓 물건을 훔치다가 들켜 주인에게 불려 가면, 경찰에는 넘기지 말아달라고 사정합니다. 경찰에 넘기지 않는 조건으로 "모든 걸 아이의 죄로 자백케" 하고 각서에 보호자 서명을 합니다. 그리고는 돌아와 "아이의 자존심을 세워 줄 수 없었던/ 그 순간을 괴로워하며" "자기의 죄처럼 사회를 향해" 웁니다. 자신의 선생님이 자기의 부모도 몰라라 했던 그런 일을 합니다. 그걸 옆에서 봅니다. 조금씩 변합니다. 어른과 사회에 대한 불신과 거칠었던 마음이 조금씩 누그러집니다. 아이들이 선생님의 그런 마음을 왜 모르겠습니까? 이 세상에서 단 한 사람만이 자기를 지켜 주려고 아파하고 있음을 아이들도 다 압니다. 물론 몸까지 변하는 것은 쉽지 않지만 적어도 '저 분이 나의 엄마다!'는 생각은 할 줄 압니다. 그런 생각이 쌓여 눈에 보이는 변화가 일어나는 것입니다. 사회적 엄마도 아이들이 기적처럼 한순간에 변하지 않는다는 것을 잘 압니다. 자기를 믿어주고 지켜 주는 노력이 아이의 오래된 상처를 뚫고 들어가 새살로 돋아야만 한다는 것을 압니다. 그래서 아이들의 생명력을 믿고, 아이들은 성장 변화한다는 사실을 믿고, 견디고 기다리며 함께 있는 것입니다. 가끔 선생님들이 빙긋이 웃으며 이런 식의 말을 합니다. '온갖 사고뭉치로 5년 차가 되었는데, 요즘은 가끔씩 센터 동생들 배식 때 도와주겠다고 팔 걷어붙인다'고.

그 모습을 다르게 말하면 다음과 같을 것입니다.

– '당신이 나를 지켜 주었습니다. 엄마!'

이런 노력으로 사회적 엄마는 아이들이 가장 힘들 때 제일 먼저 떠오르는 사람이 됩니다.

기쁠 때 제일 먼저 알리고 싶은 사람이 되는 것입니다.

다음 시를 읽겠습니다.

같이 있어주는 것

꿈두레교사 공동창작

학생이 밤 12시 문을 두드렸다

주먹이 피투성이다

유리조각들이 박혀 있다

앉으라고 하고 손을 붙잡고

핀셋으로 유리조각을 뽑았다

뺄 때마다 아이 팔이 움찔움찔 했지만

왜 그랬는지 묻지 않고

무려 두 시간을 뽑아냈다

하나 빼낼 때마다

네 가슴에 박힌 못 하나씩 뽑혔으면 좋겠다고 생각하며

피투성이 손에 박힌 유리조각 뽑아냈다

그 순간은 아이의 손을 잡고

유리조각을 하나씩 빼주는 것이 전부(全部)다

며칠 지나 그 아이가 말했다

화가 나서 주먹으로 벽시계를 쳤다고

앞으로는 안 그러겠노라

시를 읽으면서 놀란 것은, 위험이 느껴지며 매우 긴장된 상황인데도 매우 평화롭게 진행된다는 것입니다. 아니, 매우 평화롭고자 하는 긴장이 느껴진다는 것입니다.

그러면 이런 평화로운 긴장은 어떻게 생긴 것입니까?

— '우리'는 같이 해야 한다는 믿음이 확신으로 변하면서 생겨난 것입니다.

생각해 보십시오. 아이는 늦은 시간 피가 흐르는 손을 보며 생각했을 것입니다. 나는 지금 이 세상에서 누구에게 도움을 청할 수 있을 것인가? 누가 나를 지금 있는 그대로 받아 줄 수 있을까? 회피하지 않고 지켜줄 수 있을 것인가? 그때 센터 선생님이 떠올랐습니다. 그리고 거기에 가면 선생님이 있을 것이라고 생각합니다. 거기에 갔는데 정말 아무것도 묻지 않고 받아줍니다. 모르긴 몰라도 선생님도 피투성이인 아이를 보면서 이 아이가 이 세상에서 유일하게 자신을 떠올리고 도움을 청하러 왔을 거라 생각했을 것입니다.

그래서 침묵 속에서 손에 박힌 유리조각을 빼내는 장면—

"앉으라고 하고 손을 붙잡고/ 핀셋으로 유리조각을 뽑았다/ 뺄 때마다 아이 팔이 움찔움찔 했지만/ 왜 그랬는지 묻지 않고/ 무려 두 시간을 뽑아냈다/ 하나 빼낼 때마다/ 네 가슴에 박힌 못 하나씩 뽑혔으면 좋겠다고 생각하며/ 피투성이 손에 박힌 유리조각 뽑아냈다/ 그 순간은 아이의 손을 잡고/ 유리조각을 하나씩 빼주는 것이 전부(全部)다"

이 장면은 그 아이에게 사회적 엄마가 생기는 의식(儀式)입니다.

선생님은 사회를 대속("네 가슴에 박힌 못 하나씩 뽑혔으면 좋겠다고 생각")하며 아이를 사랑으로 받아들이고, 아이는 자기를 있는 그대로 받아주고 긍정하는 사랑 속에서 새롭게 태어나는 것입니다.

참 오랜만에 느껴보는 전율입니다. 시를 읽는 사람도 이러니 당사자인 아이는 어떻겠습니까? 그 아이에게 이 순간은 영원의 시간이 될 것입니다. 살아가며 어려움이 닥칠 때면 아이는 이 기억으로 돌아와 다시 태어날 것입니다. 아이에게 이 순간은 영원히 회귀하는 시간이자 영원한 시간입니다. 물론 사회적 엄마는 그렇게까지 거창하게 의미 부여하는 것을 부담스러워 합니다. 그저 이것이 "같이 있어주는 것"이라고만 말합니다. 왜냐하면 아이들은 아직 어리고 더 많은 어려움에 부닥치게 될 것이기 때문입니다. 그래서 아이에게 '좋은 기억 하나'라고만 합니다. 이게 쌓여야 한다고 합니다. '믿을 구석'에서 '비빌 언덕'으로 되어 가야 한다고 말합니다.

이것이 사회적 엄마입니다.

아이들이 이 세상에서 자기를 믿어주고 지켜준 한 사람이라고 부르는!

먹이는 거룩한 엄마다

'하는(doing)—님'이다

관계적 지혜의 엄마다

사회적 엄마의 전문성은 사랑이다

어리석은 사랑의 신비를 생각한다

4장
사회적 엄마의 모습

| 먹이는 거룩한 엄마다

시흥센터지원네트워크 공동창작 「맛있는 한 끼다」
송아연 공동창작 「밥의 의미」
꿈두레교사 공동창작 「밥 힘」
송아연 공동창작 「이건 무슨 의식일까요?」

사회적 엄마의 뿌리가 바로 먹이는 것이었습니다.

꿈두레교사학교 이사장 오일화 선생님은 1997년 IMF로 하여 송두리째 파헤쳐지고 무너져 내린 이웃들의 삶을 보며 생각했다고 합니다. 뭐라도 해야 하지 않을까? 할 수 있는 것도 없고 가진 것도 없지만 내 아이 키우듯 남의 아이 하나는 더 키울 수 있지 않을까. 기왕 차린 밥상에 누군가를 위해 한 숟가락 더 얹어 놓으면 되지 않을까. 이런 생각이 여러 사람들의 마음을 모아 초등학교 앞 문방구집 뒷길에 작은 반지하 공부방을 열게 했다고 회고합니다(『봄흙처럼 고와라 사회적 엄마』 프롤로그1).

이처럼 지역 아동청소년센터의 뿌리인 공부방이 바로 밥 주는 것에서 시작합니다.

생존의 문제에 내몰린 아이들에게 무엇보다 중요한 것은 먹이는 것입니다. 물론 먹이는 이야길 하면 지금이 어떤 세상인데 못 먹는 아이들이 있느냐고 말하시는 분들이 없지 않아 있습니다. 하지만 못 먹는 아이들 참 많습니다. 먹는 문제를 존재 불안으로 가지고 살아가는 아이들은 더 많습니다. "초등학교 1학년인데/ 팬티를 입어야 한다는 것도/ 양치질이라는 것이 있는 줄도/ 모르는 아이였다// 센터에 와서 밥만 먹었다/ 모든 신경이 밥시간으로만 가있다/ 책을 붙들고 있는 것도/ 오직 밥을 위해서다"(「살 수 있는 아이가 되다」에서). "아이가 오지 않아 가정방문 갔다/ 문이 열리는데 7살이라는 동생이 좋아라 반긴다/ 걱정되어 물으니 빵으로 아침을 때우고/ 점심은 귀찮아 굶고 있는 중이라"(김정선 「가장 큰소리로 말했다」에서) 합니다. 이렇게 그들은 숨겨져 있습니다. 그들이 우리 눈에 잘 안 띄는 것은 그 아이들이 없어서가 아니라 우리들이 그런 아이들을 볼 수 없을 만큼 그들의 삶으로부터 멀어져 있기 때문일 뿐입니다.

그래서 사회적 엄마는 아이들에게 밥 먹이는 일로부터 시작해 아직도 그 일을 제1의 임무로 생각합니다.

다음 시를 읽겠습니다.

맛있는 한 끼니다

시흥센터지원네트워크 공동창작

지역아동센타는

식당이 시작이고 끝이다

오자마자 쪼르르 달려온 아이는

선생님 오늘 반찬 뭐예요 묻고

사회복무요원도 슬며시 와 메뉴판을 본다

급식선생님은 빠듯한 돈에 맞춰 식단표를 짜고 장 보고

어떤 사람은 아무 생각 없이 이렇게 잘 해주냐 묻기도 하지만

아이들은 메뉴를 보고

生生의 입맛을 다시는 것인데

오늘 안 먹으면 안돼요? 라고 하는 아이도

꼭 있다

세상이 아무리 좋아져도

맛있고 안전한 한 끼 함께 더불어 먹는

거기부터가 따뜻함의 시작이다

선생님의 시작이다

센터 일의 시작과 끝이 일단 먹이는 일입니다. 아이들이 센터에 오자마자 쪼르르 달려와 "선생님 오늘 반찬 뭐예요"라고 묻는 것은 자신들의 입맛을 챙기는 것이라기보다 본능적으로 자신들의 생의 안전을 확인하는 행위입니다. 또 입맛에 맞는 반찬의 유무는 대부분의 아이에게 자신들이 사랑받고 있는지와 관련한 확인입니다. 그렇게 아이들은 밥을 통해 존재의 안녕을 확인하며 생명 나눔을 하는 것입니다. 그렇기에 사회적 엄마는 아이들에게 맛있는 음식을 먹이기 위해 최선을 다합니다. 이는 생명을 낳아 먹여 기르는 엄마의 공통점입니다. 왜냐하면 엄마에게서 먹이는 행위는 단순

한 신체적 영양 공급이 아니라 '내가 너에게로 흘러들어가고 네가 나에게로 오는' 생명 나눔의 행위이기 때문입니다.

이 말이 가슴에 잘 와 닿지 않는 분들은 다음 형상을 마음에 그려보십시오.

젖 먹을 때 아기는
뭐든 거머쥔다
엄마 옷깃이나
목에 걸린 목걸이라도
고 작은 주먹 으스러질 정도로 쥐고
온 몸으로 힘차게 빤다
파란 실핏줄 비치는 양쪽 관자놀이
물고기 아가미처럼 빨락빨락 뛰며
꼴딱 꼴딱 젖물 넘길 땐
내 몸도 한없이 따뜻해지니
영원이란 내가 너에게로 흘러 들어갈 때
뱃골 차오르는 소리로 들릴 때다
　– 강수니 「산다는 것」 부분

먹는 것과 관련된 가장 오래된 이미지입니다.

그런데 가장 어린 생명이 젖을 어떻게 먹습니까?

– 필사적으로 먹습니다.

누가 그렇게 먹으라고 가르쳐주었습니까?

– 아닙니다. 본능적으로 그런 것입니다. 존재의 어떤 상태(이것을 존재 불안의 상태라고 할 수 있을 것이다!)가 "고 작은 주먹 으스러질 정도로 쥐고/ 온 몸으로 힘차게" 젖을 빨게 하는 것입니다.

그것을 보는 엄마의 마음이 어떻습니까?

– '살려고 하는구나. 그것도 필사적으로!'라는 안도감이 생깁니다. 그를 "파란 실핏줄 비치는 양쪽 관자놀이/ 물고기 아가미처럼 빨락빨락 뛰며/ 꼴딱 꼴딱 젖물 넘길 땐/ 내 몸도 한없이 따뜻해지니"라고 표현합니다. 저는 '먹는다'는 것에 대한 생명적 본능을 이처럼 아름답게 표현한 시가 이 세상에 또 있을까 하는 생각을 합니다.

이런 먹이는 관계로부터 생명 나눔이라는 관계가 생기는 것입니다. 왜냐하면 바로 그때 "영원이란 내가 너에게로 흘러 들어갈 때/ 뱃골 차오르는 소리로 들릴 때"가 되기 때문입니다. 신기하게도 생명을 나누며 둘이 온전한 하나가 되는 것입니다. 먹는 것을 통해!

이 점은 사회적 엄마와 아이 사이에도 동형(同形)을 이룹니다.

존재 불안과 생존에 내몰린 아이는 센터에 와서도 얼마동안은 오직 먹는 것만 생각합니다. 엄청나게 먹어댑니다. 저 아기가 가진 살기 위한 본능 그대로의 본능입니다. 먹을 것을 확인하는 행위는 자기 생존의 안전에 대해 확인하는 행위입니다. 맛을 따지는 것은 갓난아기 때는 없었던 것으로 엄마에게 사랑받고 있음을 확인하는 방법입니다. 이를 아는 것도 아이의 본능이라고 여겨집니다. 사회적 엄마 역시 본능적으로 아이와 동일하게 느낍니다. 왜냐하면 그 순간 엄마도 "영원이란 내가 너에게로 흘러 들어갈 때/ 뱃골 차오르는 소리로 들릴 때"라는 상태가 되기 때문입니다. 생명을 나누며 둘이 온전한 하나가 되는 체험이 이루어지기 때문입니다. 그래서 "세상이 아무리 좋아져도/ 맛있고 안전한 한 끼 함께 더불어 먹는/ 거기부터가 따뜻함의 시작"이라고 하는 것입니다.

그래서 맛있는 반찬이 나오는 날이면 집나간 놈이 생각납니다. 그 아이의 안전이 걱정되고 불안합니다.

다음 시를 읽으면 왜 그런지 단박에 이해될 것입니다.

밥의 의미

송아연 공동창작

중학교 남자애들은

밥을 무등산밥으로 먹는다

공깃밥으로 치면 서너 그릇 정도인데

고기반찬 나오는 날은 훨씬 많이 먹어

맛선생님이 밥을 두 배 가량 한다

오늘이 그날, 닭볶음탕!

선생님 한 분이 며칠 전부터

센터에 나오지 않는 아이가 꿈에 보인다며

밥은 제대로 먹고 헤매는지 걱정하자

고참 선생님들 짠해 하며 하는 말,

오늘 네가 좋아하는 닭볶음탕인데 밥만 먹으러 오라고

당장 문자 보내라고 한다

그런 문자가 쌓이면 멀리가지 못하고 어느 날

닭볶음탕 먹으러 왔다며 쓰윽 문을 열기도 한단다

어떤 놈은 학교 끝나마자 와서 웬일이냐 물었더니

터프하게, 다니려면 확실히 다녀야죠 하더란다

함께 밥 먹는 일은 의리를 쌓는 일이다

센터에서 아이들에게 해주는 밥은 그냥 한 끼가 아닙니다. 집나갔던 놈도 돌아오게 하는 한 끼입니다. 그저 밥 그릇 앞으로 돌아오게 하는 것이 아니라 엄마 앞으로 돌아오게 하고 형과 동생 안으로 돌아오게 하는 것이고, 그렇게 맺어진 모든 관계 속으로 돌아오게 하는 것입니다. "어떤 놈은 학교 끝나마자 와서 웬일이냐 물었더니/ 터프하게, 다니려면 확실히 다녀야죠 하더란다". 그래서 센터 선생님들은 함께 먹는 밥 한 끼의 의미를 "의리를 쌓는 일"이라고 합니다.

이렇게 밥 한 끼로 엄마와 아이들이 서로를 주고받는 나눔이 생긴 것입니다.

밥 한 끼로 엄마의 생명이 흘러가고 아이들의 생명이 흘러간 것입니다.

이런 제 생각이 과하다고 생각하시는 분은 다음 글을 읽어보십시오. 송

파무지개빛청개구리 11기 졸업생이 졸업하면서 맛샘(센터에서 식사를 책임지는 선생님을 아이들은 '맛샘'이라고 부름)을 생각하며 쓴 글입니다.

〈내가 체육관에 가기 전에 무청(무지개빛청개구리청소년센터)에 들리면, 맛샘은 나를 부르며 "밥 안 먹고 어디 가냐? 맛샘은 훈이가 밥 안 먹으면 서운해"라고 하셨다. 항상 귀한 아들 돌보듯 정성스럽게 따스한 밥을 차려주시며 "먹으면서 운동해야 몸이 안 상한다"고 하셨다. 학교 끝나고 무청 문을 열 때 청개구리들을 위해 반찬을 만들고 계신 맛샘이 보이면 그냥 기분이 좋다. 맛샘은 환하게 웃으시며 나를 위해 남겨두었던 반찬으로며 밥을 차려 주셨고, 허겁지겁 맛있게 먹는 내가 보기 좋으셨는지 잘 먹는 반찬을 따로 싸주시면서 밥 잘 챙겨 먹고 다니라고 이야기를 해주셨다. 맛샘은 나에게 선생님이기 보다는 우리 엄마다. 항상 무청에 오면 "아들 왔어?"라고 반겨 주셨고, 나는 맛샘의 그 한 마디에 감동을 받아 맛샘을 점점 선생님이 아닌 어머니라고 생각하게 되었다. 엊그제 맛샘을 만나 이렇게 물어보았다. "맛샘, 이렇게 아침에 나와서 밥 해주시는 것 힘들지 않으세요?" 내 말을 들으신 맛샘이 나를 쳐다보며 "내가 아무리 힘들어도 나는 너희들의 엄마잖아. 너희들이 이렇게 맛있게 먹는데 뭐가 힘들겠어?" 했다. 맛샘은 내가 생각하는 것보다 우리를 더 귀하게 생각하며 대하는 참 대단하신 분이다. 중학교 2학년 때부터 고등학교 3학년을 졸업할 때까지 나를 키워주신 나에게는 아주 특별하고 소중한 어머니다. 맛샘의 마음을 알고 나니 맛샘이 차려주신 밥상이 더 귀하고 맛있어 바빠도 꼭 들러서 밥 한 그릇을 뚝딱 비우고 체육관에 갔다. 한 가지 안타까운 점은, 지금 무청에 다니고 있는 동생들은 이렇게 소중한 맛샘의 고마움을 잘 모르는 것 같다(*아빠와 살고 있는 훈이는 중학교 2학년 때 센터에 와서 열심히 운동을 하여 KBC 웰터급 챔피언이 되었고, 올해 졸업하고 복싱체육관 코치로 활동하며 국가대표를 목표로 운동을 하고 있으며, 무지개빛청개구리 동생들을 정성껏 가르치고 있는 학생입니다).〉

자, 보십시오.

밥 먹이는 일이 결코 그저 한 끼니 해결해주는 일이 아닙니다. 밥 먹이는 행위를 통해 정말 '내가 너에게로 흘러들어 가고 네가 나에게로 오는' 생명 나눔이 이루어집니다. 선생님이 엄마가 됩니다. 밥을 통해 '너의 안전과 풍요'를 바라는 엄마의 마음이 아이에게로 가고, 안전과 사랑 받고 있는 아이의 고마움이 선생님에게로 갑니다. 그러니 그 아이가 나이를 먹어가며 문득 문득 어린 날 센터 문을 열고 들어가 "청개구리들을 위해 반찬을 하고 계신 맛샘"의 등을 회상할 때를 생각해 보십시오. 그것은 거룩한 풍경, 아이에게는 영원히 "너무 기분이 좋다"의 풍경일 것입니다. 그래서 먹이는 행위는 그저 한 끼니 해결해주는 일이 결코 아닙니다. 사회적 엄마가 스스로를 '먹이는 엄마'라고 부르길 주저하지 않는 것도 이런 의미를 본능적으로 알고 있기 때문입니다.

사회적 엄마의 센터에서 모든 기적 같은 일은 먹이는 일에서 시작합니다.

그걸 알기에 사회적 엄마는 먹이는 일을 위해 어떤 어려움도 이깁니다.

그래서 사회적 엄마는 '억척스러운-성스러운' 먹이는 엄마 모습입니다.

다음 시를 읽으며 생각해보겠습니다.

밥 힘

꿈두레교사 공동창작

아직도

인간에 대고

세상에서 가장 막되 먹은 말을

냉정한 이성의 폼으로

하는 경우가 있다

저 애들 밥 먹여줘 걱정 없이 사고 치게 도와주는 것 아니에요?

센터일 10년쯤 되면

이럴 때일지라도

그저 쓰윽 웃으며 말한다

밥 한 그릇 먹으면요

다섯 번 훔칠 것

한번만 훔쳐요

관리 감독하는 사람들 중에 아직도 이런 말을 하는 사람들이 있는가 봅니다. 지역아동청소년센터의 존재 의미를 수용시설 정도로 생각하는 시각이 아니라면 도저히 할 수 없는 말입니다. 생명적 감수성은 고사하고 인간에 대한 기본적인 예의도 없는 말입니다. 그러니 이런 말을 들을 때 사회적 엄마가 겪는 깊은 모멸감이 얼마나 크겠습니까. 하지만 사회적 엄마는 아이들 밥줄 끊길까봐 그 모멸감을 견디면서 "그저 쓰윽 웃으며" 말합니다. "밥 한 그릇 먹으면요/ 다섯 번 훔칠 것/ 한번만 훔쳐요"라고! 한 방 먹인 것인데 뚫린 입으로 그 정도의 말뿐이 할 수 없는 감성의 소유자들은 그걸 모를 것입니다. 이렇게 사회적 엄마는 아이들 먹이는 것을 위해 수모도 마다 않습니다. 어떤 순간에도 '먹이는 일'을 포기하지 않는, 그렇기에 언제나 '먹이를 구하는 억척스러움과 생명을 한없이 사랑하는 성스러움'을 함께 가질 수밖에 없는, 그 모습이 실재(real) 사회적 엄마의 모습입니다. 어쩌면 전후시대와 산업화시대를 거치며 우리 어머니들이 보여주었던 모습이 바로 우리 시대 최하위 사회적 안정망을 지키는 사회적 엄마에게로 옮겨간 것일지 모릅니다.

그런 밥 한 그릇이기에 생존에 묶여 있던 아이들을 꿈꾸게 합니다.

그러니 억척스럽게 먹이려는 노력을 빼버린 어떤 성스러운 존재도 생각하지 마십시오.

사회적 엄마는 먹이는 행위를 가장 기본적인 생명 나눔이라고 확신합니다.

다음 시가 그렇다고 합니다.

이건 무슨 의식일까요?

송아연 공동창작

반찬 만들 때

문간에 들어서던 아이 쪼르르 달려와

제비새끼처럼 입을 벌리면

맛보라고

아나, 한 올 넣어준다

맛있다, 맛있다, 맛있다 하며

맛선생님 주위를 돈다

초등학생도

중학생도

키가 선생님 머리 두 개는 더 있는 고등학생도

날개를 단 듯 비잉– 돌다가

공부방으로 들어간다

어미 새가 새끼 새 입에

먹이를 넣어주는 것은

정말 깊고 깊은

너에게 닿는 생명의 길이다

사회적 엄마 18

'하는(doing)—님'이다

꿈두레교사 공동창작 「하는 일 없이 바쁘다는 말」

오철수 「열정과 사랑, 김보민 선생님」

꿈두레교사 공동창작 「가을처럼」

센터 선생님에게 물었습니다.

하루에 가장 많이 듣는 소리가 무엇입니까?

— '선생님'이라는 소리입니다.

도대체 몇 번쯤 선생님이라는 소리를 듣습니까?

— 한 천 번쯤……, 쉴 새 없이 듣습니다.

이렇게 사회적 엄마는 하루종일 그 '선생님'이라는 불림에 응답하는 존재
입니다. 하루 종일 그 불림에 따라 무엇인가를 행하고 계신 분입니다.

그래서 사회적 엄마인 센터 선생님들은 '하는(doing)' 분입니다.

그런데 아이들이 '선생님'이라고 불러 세워 요구하는 것들이 무엇입니
까? 우스갯말로 존재를 묻는 것입니까, 구국의 결단을 묻는 것입니까, 아니
면 인생에 대해 묻는 것입니까? 그런 것 아닙니다. 돌아서면 생각도 나지
않을 사소한 것들입니다. 그 사소한 것들을 위해 '선생님!'을 부르고, 사회

적 엄마는 돌봄을 행합니다.

그런데 만약 그 '선생님!'이라는 부름을 외면한다면 어떻게 되겠습니까?

모르긴 몰라도 센터는 아수라장이 되거나 감옥처럼 변할 것입니다.

그렇다면 사회적 엄마가 하는 바의 역할이 무엇입니까?

– 아수라장이나 감옥처럼 되지 않게 생명적 활기와 조화와 질서를 이루게 하는 일입니다.

이 세상에서 그 일을 하시는 가장 큰 존재가 누구입니까?

– 그 일을 가장 크게 하시는 분은 이런저런 이름의 신(神)입니다.

그 일을 지구상에서 육신을 가지고 행하는 분이 누구십니까?

– 엄마입니다.

그 일을 각 지역에서 행하시는 분이 누구십니까?

– 바로 사회적 엄마입니다.

이 분들의 공통점은 생명을 살리고 활기차게 하며 조화와 질서를 추구하는 일을 쉴 새 없이 하시는 것입니다. 그래서 '하는(doing)-님'입니다. 그럼에도 자신이 한 일이 하나도 티가 나지 않는 하느님의 일, 엄마의 일, 사회적 엄마의 일입니다.

다음 시를 읽으며 생각해 보겠습니다.

하는 일 없이 바쁘다는 말

꿈두레교사 공동창작

퇴근도 못하고 바쁜데

너 오늘 뭐 했어 라고 물으면

딱히 한 일이 없다

아이들 꽁무니 좇아다니고

별일 아닌 것들로 어수선하게

종일 뛰어다닌 것뿐이다

그래서 가끔 나는 무엇을 하는 사람일까 생각하곤 하는데

신기하게도 티 하나 나지 않는 일만

어찌 그리 골라서 하는 것일까

이 순간도 '선생님'하고 부르고

저기서도 '선생님' 하고 부른다

아이들 옆에 같이 있어준다는 것

정말 하는 일 없이 바쁜 일이다

그래서 나처럼 하느님도 녹초가 되어

퇴근하실지 모른다

이 모습으로부터 연상되는 사람이 누구입니까? 하루 종일 아이들이 '선생님, 선생님'하고 불러대지만 사회가 알고 있는 선생님하곤 정말 다릅니

다. 폼 나는 선생님은 거기에 계시지 않습니다. 위엄과 권위의 선생님도 계시지 않습니다. 생에 깨우침을 주시는 선생님도 없습니다. 센터 선생님들이 자조적으로 하는 말처럼 허드렛일 하는 선생님만 계십니다. 그래서 오히려 이 모습에서 연상되는 존재는 하루 종일 아이와 함께 하지만 하나도 티 나지 않는 일만 하시는 '엄마'입니다. 상상이 가능하다면 아마 하느님의 일도 이와 같을 것이라고 생각해 볼 수 있을 것입니다.

그런데 여러분, 거기에 사회적 엄마가 계시지 않다면 어떻게 되겠습니까?

– 엉망이 됩니다. 거기에 '하는(doing)-님', 사회적 엄마가 없으면 '선생님!'이라는 말은 전부 대립하는 말, 공격적인 말, 원망의 말이 될 것입니다. 그야말로 아수라장이 될 것입니다. "이 순간도 '선생님'하고 부르고/ 저기서도 '선생님' 하고 부른다"가 대립을 부르고 공격이 되고 원망의 말이 된다고 생각해 보십시오.

하지만 거기에 '하는(doing)-님' 계셔 생명적 활기가 넘치고 조화가 있습니다.

'하는(doing)-님'이 계셔 생명을 생명답게 하는 생명적 시공간이 됩니다.

그런데 그들이 하시는 일을 보십시오.

"퇴근도 못하고 바쁜데/ 너 오늘 뭐 했어 라고 물으면/ 딱히 한 일이 없다/ 아이들 꽁무니 좇아다니고/ 별일 아닌 것들로 어수선하게/ 종일 뛰어다닌 것뿐"입니다. 퇴근도 못하고 바쁘게 무슨 일인가 하시는데 마땅하게 뭐라 명명할 것이 없는 일들입니다. 명명되어도 정말 사소하고 티 나지 않는 일입니다. 엄마들이 집에서 하는 일과 거의 흡사합니다. 종일 가족을 위해 움직이지만 티가 나지 않는 일이고 해도 해도 끝이 나지 않는 일 말입니다. 그래서 보잘것없는 일로 보입니다. 하지만 그 '하는–님'이 멈춰버리면 살림살이는 돌아가지 않고 생명의 질서는 흐트러집니다. 집이 아수라장이나 감옥처럼 됩니다.

그렇다면 정말 사회적 엄마가 하시는 일이 보잘것없는 일일까요?

– 결코 아닙니다.

사회적 엄마가 하는 일은 생명적 삶의 일상이 있게 하는 일입니다.

그 일은 중요성을 생각해보기 위해 '일상'(日常)이라는 말을 살펴보겠습니다.

'일상'이라는 말은 보통 '날마다 반복되는 생활'이라는 의미입니다. 그래선지 오랜 세월 지루함과 비루함의 느낌과 감정으로 말해져 왔습니다. 또 그런 느낌과 감정을 가지고 있기에 '일상'을 떠받치는 삶과 행위도 그와 비슷한 대접을 받습니다. 하지만 조금만 더 생각하면 이런 생각이야말로 아주 천한 가치판단입니다. 왜냐하면 그 '일상'이 없다면 모든 생명은 파국을 맞을 수밖에 없기 때문입니다. 이는 사회적 엄마가 자리 비운 센터나 엄마가 없는 세계를 상상해보는 것으로 족합니다. 그렇다면 '일상'이라는 말은 다르게 가치평가 되어야 합니다. 왜냐하면 일상이야말로 '날'[日]이 '나날'이 되는 것, 다시 말해 삶의 세계가 '늘–있게–이어지게' 하는 것이기 때문입니다. 이는 생명이 살 수 있는 토대입니다. 그리고 그 주관자가 바로 '하는(doing)–님'으로서의 엄마이고 사회적 엄마인 것입니다.

그래서 '하는(doing)-님'이 하는 일도 다시 생각해 봐야 합니다.

도대체 아무리해도 티가 나지 않는 일이란 어떤 성격의 일일까? 정말 가치가 없어서 그런 것일까? 혹시 너무나 중요한 일이어서 해도 티가 나지 않는 일은 아닐까? 그래서 자연하고 당연한 일로만 여겨지는 것은 아닐까? 일 예로 우리가 숨 쉬는 일처럼 중요한 일은 일처럼 생각되지 않는 것처럼 사회적 엄마가 하는 일도 생명적 일상을 있게 하는 그런 일은 아닐까요? 사고실험으로 밥 하는 일, 먹이는 일, 돌보는 일, 잔소리 하는 일, 청소하는 일 등이 빠진 며칠의 일상을 생각해 보십시오. 일상이 어떻게 변할까요?

그렇다면 '하는(doing)-님'이 하는 일은 결코 하잘것없는 일이 아닙니다.

이 생명의 꽃밭을 있게 하는 일이 사회적 엄마가 하시는 일입니다.

모든 생명적 풍경의 뒷면에는 '하는(doing)-님'으로서의 사회적 엄마가 계신 것입니다.

다음 글을 '하는(doing)-님'을 위한 시로 읽으면 어떨까요?

> 스스로 드러내지 않으므로 밝아지고[不自見故明]
> 스스로 옳다고 하지 않으므로 드러나고[不自是故彰]
> 스스로 자랑하지 않으므로 공이 있고[不自伐故有功]
> 스스로 뽐내지 않으므로 으뜸이 된다[不自矜故長].
> ─ 노자 『도덕경』 22장에서

정말이지 사회적 엄마는 자기를 드러내지 않고 모든 것을 합니다. "신기하게도 티 하나 나지 않는 일만/ 어찌 그리 골라서 하는 것"인지 드러나지 않습니다. 그런데 그 일로 하여 생명들의 꽃밭인 센터가 환해집니다. 그러니 환한 센터가 있다는 것은 거기에 '하는(doing)-님'이 계신 것입니다. 또 '하는(doing)-님'은 자신이 하는 일을 옳다고 주장하지도 않습니다. 어느 정도냐 하면, 하루 종일 일 해놓고도 "너 오늘 뭐 했어"라는 질문을 받을 정도입니다. 그 정도로 자기 일을 시비(是非)거리로 두지 않고 일을 합니다. 하지만 거기에 생명적 일상(日常)이 온전히 있습니다. 그 생명적 일상이 번쩍거리며 여기에 사회적 엄마들이 있음을 드러냅니다. 그처럼 드러남으로 '하는(doing)-님'의 존재를 알립니다. "그래서 가끔 나는 무엇을 하는 사람일까 생각하곤" 하다가도 "그래서 나처럼 하느님도 녹초가 되어/ 퇴근하실지 모르다"고 생각합니다.

그로 하여 오늘 하루도 무난했습니다.

자랑하지 않고 뽐내지 않아도 그 일상에서 활기찬 생명 세상이 있었습니다.

그런데,

이런,

'하는(doing)-님'의 특성이 그냥 만들어졌겠습니까? 그냥 일 잘해서 잘하게 된 그런 특성일까요? 그냥 마음이 좋아서 좋은 사람이 된 것일까요?

그럴 리 없습니다.

"전문가로서 센터 선생님은/ 거기서 아이들이 별짓 다하고 놀기 때문에/ 허드렛일이라고 생각하지 않고/ 당장 깨끗함을 실천"(꿈두레교사 공동창작 「전문가로서 센터 선생님」에서)한다는, 아이에 대한 필요와 선생님의 책임감과 성실함이 만들어낸 품성입니다. 생명 나눔이라는 그 관계로 자신을 집중할 수 있는 용기와 철저함이 배양하는 제2의 천성입니다. 그럴 수밖에 없는 것이 품는 일은 무작정 되는 것이 아니라, 거의 모든 경우에서 관계의 어려움과 마주하여 그를 익히고 해결하며 넘어서는 과정입니다. 그 넘어섬이 하나 둘 쌓여 능력이 됩니다.

그렇기에 '하는(doing)−님'은 적극적인 사랑의 수행을 통해 배양한 능력의 모습입니다.

하여 사회적 엄마에게 중요한 것은 생명 나눔과 돌봄에 대한 이상(理想)의 차이가 아니라 당장 눈앞의 구체적 필요와 연결하여 해치우는 능력의 차이입니다. 실제로 함께 하는 고참 선생님들의 가장 큰 특징이 무엇이라고 생각합니까? 용기와 성실성과 책임성이 배양한 유능함입니다. 그것이 외부적 눈에는, 이타적인 사랑이자 희생처럼 보이는 것입니다. 그들도 처음에는 어렵고 힘들었을 겁니다. 하지만 사회적 엄마를 자임하여 용기 있게 아이들을 품고 성실성과 책임성으로 하나씩 하나씩 일을 해치우면서 '사랑할 수 있는 능력'을 키웠을 것입니다.

다음 시를 읽겠습니다.

열정과 사랑, 김보민 선생님

오철수

모든 열정은

도달하길 바라고

도달하기 위해 최고의 노력을 할 때만

사랑이 된다

이때 그의 손은

가장 가까운 것부터 잡아챈다

이때 그의 발은

두 번째 걸음을 위한

한걸음부터 걷는다

이때 그의 눈은 철칙(鐵則)처럼

먼 곳이 아니라

눈앞의 것을 본다

하나씩 하나씩이다

냉혹하게 말하면

열정이라는 것에는 건너 뛸 수 있는 게

눈곱만치도 없다는 게 사실이다

그래서 도달하는 위대한 사랑은

사소한 일이 전부다

　사회적 엄마를 사회적 엄마답게 만들어주는 것은 얼마나 크고 멋진 이상을 가졌느냐가 아니라 당장 필요한 일을 하나씩 해치우는 능력에서 가름됩니다. 그럴 수밖에 없는 까닭이 아이들을 품는 생명 나눔은 모든 게 구체적 필요에 응하는 일이기 때문입니다. 배고플 때 먹여야 하고, 울 때 달래야 하고, 싸울 때 말려야 하고, 웃을 때 함께 웃어야 합니다. 그래서 배고플 때를 알아야 하고, 울 때를 알아야 하고, 싸울 때를 알아야 하며, 웃을 때를 알아야 합니다. 이렇게 되기 위해 스스로 아이에게 구속당하길 자임하는 것입니다. 그게 용기입니다. 그 다음부턴 무슨 일을 하게 됩니까? 그 하나하나를 해치워야 합니다. 그것도 온종일 정신없이 무념무상으로 해내야 합니다. '내가 지금 무슨 짓을 하고 있지?'와 같은 물음과 생각은 녹초가 되어 집에 가서 해야 합니다. 만약 잠이 쏟아진다면 다음 날로 미루고 잠을 자야 합니다. 왜냐하면 내일 다시 아이들과 만나야 하기 때문입니다. 이게 사회적 엄마의 가혹한 성실성이고 책임성입니다. 그래서 사회적 엄마의 사랑은 하나같이 구체적이고 사소하고 구질구질합니다. 온종일 그 사소하고 구질구질한 일을 해냅니다. 그게 유능함이 됩니다. 이름 하여 '하는(doing)-님'이 되어 가는 것입니다. "이때 그의 손은/ 가장 가까운 것부터 잡아챈다/ 이때 그의 발은/ 두 번째 걸음을 위한/ 한걸음부터 걷는다/ 이때 그의 눈은 철칙鐵則처럼/ 먼 곳이 아니라/ 눈앞의 것을 본다/ 하나씩 하나씩이다."

그런데 말입니다, 모든 위대한 사랑은 이 능력의 확장일 뿐입니다.

우리가 말하는 사회적 엄마의 사상이라는 것도 오직 생명 나눔의 이 구체적 일을 해치울 능력에서만 자랍니다. 그 능력에서만 사회적 엄마는 자라나오는 것입니다. '아이들을 사랑하리라'는 그 마음에서 사회적 엄마가 나오는 것이 아니라 아이들을 품는 생명 나눔의 구체적인 일에서 자라나오는 것입니다. 그래서 "냉혹하게 말하면/ 열정이라는 것에는 건너 뛸 수 있는 게/ 눈곱만치도 없다는 게 사실이다/ 그래서 도달하는 위대한 사랑은/ 사소한 일이 전부다"고 하는 것입니다.

그래서 폼이 나지 않을 수도 있습니다.

지나친 힘 소모가 따를 수 있습니다.

하지만 이렇게 능력이 쌓이지 않고는 아이들을 일으켜 세우고 뛰놀게 하는 창조적 사랑을 할 수 없습니다.

그 능력으로 풍요로운 아이들과의 생명 세상을 만드는 것입니다.

그래서 생명 나눔과 돌봄이라는 일은 '하는(doing)-님'의 일입니다.

센터 일을 하는 우리들의 마음에 이런 '하는-님'의 능력이 쌓여 다음 시처럼 풍요로 느껴지면 좋겠습니다.

가을처럼

꿈두레교사 공동창작

가르치려 하지 말고

부탁하자

이 가을이 아무것도 가르치지 않고

부지런히 제 일만 하듯

이기려고도 하지 말고

좀 더 두고 보자

제 붉음으로 말하고

제 노랑으로 웃도록

그냥 함께 하자

이 가을이 아무것도 욕심내지 않고

모든 것의 배경이 되어주듯

아이들을 앞세우고

천천히 걸어도

가을볕 눈부셔라

내 아이들처럼

사회적엄마 19

관계적 지혜의 엄마다

꿈두레교사 공동창작 「구석엔 아이가 사신다」
방희진 「나는 계속 차용증을 쓸 수 있다」
오철수 「교육나눔 꿈두레」
백재은 「지지대를 위해」

돌봄은 쉽게 생각하듯이 일방적이지 않습니다. 사물과의 관계에서처럼 내 생각대로 할 수 없습니다. 왜냐하면 아이는 생명을 가진 존재이기 때문입니다. 비록 아이들이 사회적 엄마에게 많은 것을 의존할 수밖에 없다고 하더라도 그는 자기 생명의 주체로서 엄마 생명과 관계를 맺습니다. 그래서 돌봄이긴 한데 엄마–주체와 아이–주체가 '우리'라는 생명적 관계에서 나누고 '우리'를 풍요롭게 하는 돌봄입니다. 이런 이유로 사회적 엄마는 민감한 생명적 감수성을 가져야 하고, 늘 '우리'라는 차원에서 관계적으로 생각하고 활동합니다. 아이들 역시 그래야 합니다(하지만 센터에 오게 되는 아이들의 상태는 아직 건강한 생명 나눔의 관계 맺기에 많이 부족합니다).

그래서 생명을 살리는 돌봄이 잘 된다는 것은 관계로 긍정적 생명이 잘 흘러 '우리'가 건강해진다는 것을 의미하고, 돌봄이 제대로 되지 않는 것은 관계로 부정적 생명이 흘러 '우리'가 약화된다는 것을 의미하는 것이

됩니다.

다음 시를 읽으며 관계적 지혜의 엄마는 어떻게 행동하는지 생각해보겠습니다.

구석엔 아이가 사신다

꿈두레교사 공동창작

아이들에게 자유 시간을 주면

선생님 눈길이 닿지 않는

구석으로 다 숨는다

그래서 구석은 아이들을 품어주는 엄마의 품이다

어떤 이들은 그런 사각지대를

없애야 한다고 지적으로 말하지만

아이들은 구석에서 완전해진다

제 몸 어딘가에 기억된 따뜻함을 느낀다

살을 비비며 장난치고 싶어한다

그래서 엄마이기도 한 센터 선생님들은

제 몸에도 숨기 좋은 구석을 만들어놓는다

자유시간이면 아이들로 우글거리는

그 완전함을 갖기 위해

돌봄의 공간에 구석이나 사각지대가 있다는 것에 대해 어떻게 생각합니까? 보통의 경우는 나쁘다고 생각합니다. 이유는 관리의 사각처럼 느껴지기 때문입니다. 그래서 가능하면 사각을 없애려고 합니다. 하지만 이 시에서의 사회적 엄마는 오히려 그 사각을 아이들의 심리적 안정을 위한 특별한 공간으로 생각하고, 아이들을 위해 선생님 자신의 몸과 마음에도 아이들이 숨기 좋은 구석을 만들 생각을 하십니다. 놀라운 접근입니다. 돌봄을 위해 없애야 한다는 시각에 대해 돌봄을 위해 특수하게 만들어야 한다는 차이!

그럼 사회적 엄마는 왜 그런 생각을 했습니까?

시의 서정 논리로만 보면 다음과 같습니다.

1) 아이들은 구석으로 숨는 경향을 보입니다.

2) 이유는, 구석이 품어주는 느낌을 주기 때문인 것 같습니다.

3) 아이들은 자기를 품어주는 것에서 편안함과 완전함을 느끼는 것 같습니다. 마치 엄마의 뱃속이나 품처럼!

4) 그렇다면 구석은 없애야 할 공간이 아니라 돌봄을 위해 특별하게 생각해야 할 장소입니다. 그래서 사회적 엄마는 아이들이 좋아하는 구석을 자신의 품안에 두어야 한다고 생각합니다("그래서 엄마이기도 한 센터 선생님들은/ 제 몸에도 숨기 좋은 구석을 만들어놓는다").

5) 왜냐하면 그로 하여 아이들뿐만 아니라 사회적 엄마도 안전하고 완전해지고 우리가 풍요로워지기 때문입니다.

이렇게 마음 쓰는 관계라면 겉보기엔 아이와 사회적 엄마가 분리되어 있는 것 같지만 서로가 서로를 품고 있는 형국입니다. 아이는 엄마가 마련한 구석에 안겨서 엄마를 품고 있는 것이고, 엄마는 아이가 좋아하는 구석으로 아이를 안음으로서 품고 있는 상태입니다(이 이미지가 잘 그려지지 않는다면 '포옹'의 장면을 떠올려 보십시오. 포옹의 두 주체는 서로가 서로를 품고 있는 상태입니다). 그런 관계적 '우리'가 되기에 "사각지대를/ 없애야 한다"는 지식은 나올 수 없습니다. 또 이런 관계에서는 사각지대가 만들어질 수도 없습니다. 그래서 오히려 "제 몸에도 숨기 좋은 구석을 만들어놓는다/ 자유시간이면 아이들로 우글거리는/ 그 완전함을 갖기 위해"라는 관계적 생각과 행동을 하게 합니다. 현학적으로 말하면 아이와 사회적 엄마는 대립하는 것이 아니라 서로에게 귀중한 되어줌의 관계로 '우리'가 되고, 우리로써 풍요를 느낍니다.

이렇게 '우리' 안에서 관계적으로 존재하기에 생각도 관계적 지혜를 갖게 됩니다. 여기서 관계적 지혜란 생각과 행동에서 관계를 깨거나 억압하지 않을 뿐만 아니라 긍정적 힘을 흘려 보내 강화하고 풍요롭게 하는 방법으로 생각을 빚는 것을 말합니다.

다음 시를 읽으며 생각하겠습니다.

나는 계속 차용증을 쓸 수 있다
방희진

학생이 선생인 나에게

1000원을 꿔달라고 해

장난삼아 일주일 후에 갚겠다는 차용증을 쓰게 했다

갚을 날이 되었는데 감감하다

이제는 슬슬 눈을 피한다

멀찌감치 피해 다닌다

사이까지 멀어지는 이 불편함을

어떻게 해결할까 고민하는데

고참 선생님이 말했다

1000원을 더 꿔주고, 그 자리에서 갚게 하고, 다시 차용증을 쓰고, 이전 차

용증을 찢어버리길 계속하면 계속 갚고 꾸는 상태가 될 것이라고

그 놈 장가갈 때까지 그러라고

　사소한 예화이지만 문제를 해결하는 특별한 방식을 생각해보십시오. '사
회적 엄마―아이'의 관계는 결코 깨뜨리거나 불편하게 만들지 않습니다.
오히려 그것을 강화하는 방식으로 지혜를 만듭니다. 그 아이가 '사회적 엄
마―아이'의 관계 밖에서 생긴 어떤 문제로 '사회적 엄마―아이'의 관계를 약
화시키거나 불편하게 하는 것을 애당초 사회적 엄마는 고려 사항에 넣지를
않습니다. '사회적 엄마―아이'의 관계는 적어도 사회적 엄마에겐 모든 생
각과 행동에 근간이 되는 선험적(先驗的)인 것입니다.
　그렇게 해서 만들어진 놀라운 방법의 효능은 다음과 같습니다.

1) 아이의 "이제는 슬슬 눈을 피한다/ 멀찌감치 피해 다닌다"는 그 불편함을 제거합니다.

2) 선생님의 "사이까지 멀어지는 이 불편함을"을 제거합니다.

3) 아이와 선생님이 한 번 더 보는 계기를 만듭니다.

물론 웃음을 자아내는 아주 사소한 예화입니다만 사회적 엄마가 관계적 지혜를 가질 수밖에 없는 구도를 정확히 보여줍니다. 사회적 엄마는 '사회적 엄마-아이'의 관계에서만 생각합니다. 따라서 사고와 행동은 이 생명적 관계를 강화시키는 나눔, '우리'를 크고 풍요롭게 하는 쪽으로 잡혀 있습니다.

그러므로 생명 나눔은 관계를 살리는 지혜이며 '우리'의 지혜입니다.

사회적 엄마는 이런 관계적인 나눔과 돌봄을 자기윤리로 생각합니다.

다음 시를 읽으며 생명적 나눔의 윤리에 대해 생각해 보겠습니다.

교육나눔 꿈두레

오철수

가르치고 기르는 것이

자기 나눔이고

아낌없이 줄 때

웃음이 자란다고 믿는

교육나눔 꿈두레 있다

자기를 여는 것이

모두를 여는 것임을

자기를 넘쳐야만 모두에게 가는 길이 열림을

나눔에서만 배우는

교육나눔 꿈두레 있다

사소한 것일지라도

나눔에서 새로운 내가 나오고

사랑스러운 네가 나옴을

감동으로 익히는

교육나눔 꿈두레 있다

나눔이야말로 모든 건강한 생명의

시작이고 전부임을

자기에게 가르치며

온몸으로 밀고 가는

우리 교육나눔 꿈두레 있다

생명 나눔의 관계를 간단하게 생각하면 다음과 같습니다.

1) 한 쪽에 사회적 엄마가 있고 다른 쪽에 아이가 있습니다.

2) 사회적 엄마가 아이에게 생명적 관심을 보입니다. 아이 또한 자기의 생명적 본능으로 사회적 엄마에게 생명적 관심을 표합니다.

3) 이렇게 하여 '우리'라는 생명 나눔의 관계가 성립합니다.

4) 활동은 우리를 강화하고 풍요롭게 하는 것을 택합니다.

이런 관계에서 사회적 엄마는 "가르치고 기르는 것이/ 자기 나눔이고/ 아낌없이 줄 때/ 웃음이 자란다고 믿는" 확신을 가집니다. 그럴 수밖에 없는 것이 그 관계로 생명적 관심과 적극적인 사랑이 흘러가기 때문입니다.

이런 관계는 사회적 엄마의 생명적 관심과 적극적인 사랑의 능력에서 비롯됩니다. 사랑의 능력이 자신을 향유하기 위해 생명 나눔의 관계를 의욕하고 능동적인 힘을 흘려 보내는 것입니다. 그로 하여 피어나는 웃음을 보고 싶은 것입니다. 그래서 줌으로서 기쁩니다. 어려움과 고통이 따르지만 그것을 이겨내며 '우리'를 살찌게 하는 기쁨입니다. 그렇기에 자기를 주지 못해 웃음꽃을 피울 수 없는 상태를 사회적 엄마는 힘들어 합니다. 또 힘들어 하기 때문에 새롭게 창조 능력을 발휘합니다.

이런 원리로 하여 사회적 엄마는 먼저 자기 생명을 내어주는 나눔을 해야 한다는 생명적 윤리를 갖습니다. 물질적 가치 중심의 소유적 삶의 양식에서는 소유가 최고이지만, 생명적 가치 중심의 관계적 삶의 양식에서는 줌으로서의 나눔이 먼저이고 최고입니다. 왜? 사랑은 생산 능력이기 때문에!

자신의 행동이 더 큰 사랑을 만들어낸다는 이 느낌!

정말이지 사랑은 받는 것에서가 아니라 사랑하는 것에서 기쁨을 느낍니다(아이도 시간이 지나면서 자신의 노력으로 엄마를 사랑할 수 있다는 것을 알 때 커다란 기쁨을 느낍니다). 그렇기에 "자기를 여는 것이/ 모두를 여는 것임을/ 자기를 넘쳐야만 모두에게 가는 길이 열림을" 알고, 생명적 관계로 긍정적 힘을 흘려 보내어 더 큰 생명성을 만끽하는 체험을 하는 것입니다. 비록 "사소한 것일지라도/ 나눔에서 새로운 내가 나오고/ 사랑스러운 네가 나옴을/ 감동으로" 알고 있는 것입니다.

그래서 생명 나눔은 한마디로 '사랑'입니다.

그래서 사회적 엄마는 "나눔이야말로 모든 건강한 생명의/ 시작이고 전부임을/ 자기에게 가르치며/ 온몸으로 밀고 가는" 삶이라는 필연적 생명 윤리를 갖습니다. 여기로부터 나오는 앎이 관계적 지혜입니다.

그래서 사회적 엄마는 관계적 지혜의 여신입니다.

사회적 엄마들은 이런 삶을 자신이 선택하고 만들어가는 운명이라고 생각할 뿐만 아니라 "자기에게 가르치며" 그 길을 갑니다.

다음 시가 아름다운 까닭이 바로 이와 같은 이유에서일 것입니다.

지지대를 위해

백재은

가을 텃밭에서 지지대를 봤다

말라버린 토마토에 비해 키가 작다

모종일 때 아이들이 세워준 것이라

그렇겠구나 생각하는데 신기하게도 지지대들이

토마토 쪽으로 비스듬히 기울어 있는 것이다

토마토가 작을 때는 지지대 노릇을 했지만

키가 어느 정도 자라고 나름대로 뿌리를 내리고부터는

서로가 의지하는 관계였나 싶다

눈을 감고 큰 바람이 지날 때를 생각해본다

지지대야 지지하는 것이 임무겠지만

토마토가 크게 흔들려 힘에 부칠 때

지지대도 토마토에 의지하며

그렇게 서로 지지하며 견뎠을 것

나도 지금 센터 아이들의 지지대지만

머지않아 아이들이 기댄 만큼

아이 쪽으로 기울어 있을 것이다

생을 추수하는 깊은 가을볕 속에

아이들보다 더 작게 선 채

지지대와 토마토의 관계를 생각해 보십시오. 처음에는 지지대가 토마토 모종을 품습니다. 지지대는 아낌없이 주는 절대적 존재입니다. 얼마쯤 지나면 지지대와 토마토대가 비슷해지고 또 조금 더 지나면 둘의 힘도 엇비슷해집니다. 이때는 서로 의지합니다. 토마토가 바람에라도 흔들리면 지지대가 토마토를 지지하면서도 끌려갑니다. 그래서 '지지대 역할은 끝났다'고 볼 수도 있습니다. 하지만 서로에게 기운 상태가 그때그 시기의 지지대와 토마토의 관계입니다. "지지대야 지지하는 것이 임무겠지만/ 토마토가 크게 흔들려 힘에 부칠 때/ 지지대도 토마토에 의지하며/ 그렇게 서로 지지하며", 서로에게 기울어 서로를 버텨주는 관계인 것입니다. 조금 더 지나면 토마토가 외려 지지대를 지지해 줍니다. 토마토가 다 컸다고 지지대를 없애버리는 것이 아니라 지지대를 버텨주는 역할을 하는 것입니다. 하지만 전체적으로 보면, 지지대는 지지대로 있으며 한 번도 지지대 아닌 적이 없고 토마토 역시 마찬가지입니다.

이것이 사회적 엄마와 아이들의 생명 나눔의 원융적 관계입니다.

이 관계는 사회적 엄마의 생명적 관심과 적극적인 사랑의 능력에서 시작된 것이고 스스로 생명적 윤리로 가치매김 한 것입니다. 이유는, 생명이 살고 있는 이 세계 또한 관계적 사랑의 지혜로 존재하기 때문입니다(물론 이 세상은 이에 반해 자본 중심의 물질적 가치가 전일화 되어 가고 있습니다만).

그런데 이런 말을 하면서 걱정되는 면도 없지 않습니다.

왜냐하면 이와 같은 관계를 강조하는 것이 혹시라도 선생님들에게 희생적 이타성을 강조하는 것으로 들릴 수도 있기 때문입니다. 실제로 어려운 조건 속에서 사회적 엄마의 길을 걸었던 고참 선생님들에게서 커다란 희생적 이타성의 특징이 두드러진 점 또한 분명합니다. 하지만 그런 희생적 이타성도 생명 나눔의 능력이 점점 커지면서 배양된 품성이라고 생각하면 어떨까 생각해 봅니다. 다음 독백이 그렇게 생각해야 옳다고 말합니다. "나도 지금 센터 아이들의 지지대지만/ 머지않아 아이들이 기댄 만큼/ 아이 쪽으로 기울어 있을 것이다/ 생을 추수하는 깊은 가을볕 속에/ 아이들보다 더 작게 선 채".

이렇게 우리 삶의 가을걷이는 관계적 사랑의 지혜로만 긍정될 것입니다.

사회적 엄마의 전문성은 사랑이다

꿈두레교사 공동창작 「선생님의 전문성이란」
시흥센터지원네트워크 공동창작 「아직도 이가 살고 있다」
꿈두레교사 공동창작 「비가 와서」

센터 선생님들이 크게 불편해 하는 것 중에 하나가 자신들의 업무를 계량화할 수 있도록 하라는 행정 요구에 부딪칠 때입니다. 업무의 특성이 '돌봄'인데다가 늘 모자라는 인력으로 운영되고 있으니 그와 같은 행정적 요구를 수행하는 게 쉬울 리 없습니다. 선생님 스스로도 말하길, 주먹구구식으로 운영되는 것도 문제겠지만 업무 특성이 고려되지 않는 행정 편의적 계량화는 분명 적당치 않다고 합니다. 그럴 수밖에 없는 것이 '돌봄'의 외적인 부분은 그럭저럭 계량화할 객관적 지표를 마련한다고 하더라도, 돌봄의 내적인 부분은 계측이 불가능한데다가 많은 경우 내적인 부분이 우선하기 때문입니다.

실제로 센터에서 필요한 선생님들의 능력은 '돌봄'을 가능하게 하는 전제로써의 생명 나눔의 관계를 만드는 일입니다. 이 내적인 능력이 얼마를 들여 무엇을 먹이고 무슨 일을 알뜰하게 했느냐 하는 것보다 근본적으로 중요한 것입니다. 그래서 센터 선생님들의 업무적 합리성과 전문성은 '돌봄'의 계측할 수 있는 부분에서보다는 '생명 나눔의 관계' 영역과 능력에서 찾아져야 합니다. 그것이 행정의 눈으로 볼 때는 애매하고 불확실해 보일지 몰라도, 분명한 것은 사회적 엄마의 존재 이유가 '생명 나눔과 돌봄'에 있다는 것입니다. 예를 들자면 한겨울에 아이들 후식으로 '딸기'를 줄 경우도 있을 것입니다. 이때 선생님에게 중요했던 것은 '얼마짜리를 구매하여 먹인다'보다는 '어떤 의미로 먹는다'입니다. 그러니 행정의 눈으로 보면 말도 안되는 짓일지 몰라도, 생명 나눔과 돌봄에서는 '어떤 의미를 충족한다'면 가능할 뿐만 아니라 꼭 필요한 일입니다. 그래서 센터 선생님의 업무의 합리성과 전문성은 무조건 '생명 나눔'에서 출발하는 '돌봄'이어야 합니다. 행정의 요구를 피할 수 없다 하더라도, 생명 나눔의 '돌봄'이라는 목적을 위해 재량권을 많이 주는 행정이 되도록 해야 합니다. 물론 그런 행정은 요원해 보입니다. 하더라도 사회적 엄마가 생명에 대한 관심과 적극적인 사랑의 능력에서 아이들의 어려움을 품는 행위에서 태어났고 존재이유도 '더 잘 돌봄'인데 어쩌겠습니까.

센터 선생님의 전문성은 계량화할 수 있는 지표로 표현되지 않습니다.

사회적 엄마의 전문성은 생명에 대한 관심과 적극적인 사랑으로 돌볼 수 있는 능력에서 나옵니다.

다음 시를 읽으며 생각해 보겠습니다.

선생님의 전문성이란

꿈두레교사 공동창작

전문성이란

기술이 아니다

사랑할 수 있는 힘이

전방위적일 때

매순간 작동할 때

아이와 내가 만나

웃음 속에서 아이의 내가 되는

전문성이란

지식도 아니다

사랑하려는 뜨거움이

정확성을 가질 때

저만치서도 안아 줄 수 있는

눈빛일 때

내가 살아나고

아이가 자라나게 되는 그런,

선생님의 전문성이란

믿음의 다른 말이다

사회적 엄마의 전문성은 기술이 아니라고 선언합니다.

그럼 무엇입니까?

― 아이를 구체적으로 사랑할 수 있는 힘입니다.

이 사실은 사회적 엄마의 출현에서부터입니다. 그분들은 돌봄이 부족해 굶거나 혼자 동네를 떠도는 아이들에 대한 생명적 관심에서 적극적인 사랑을 펼친 것입니다. 어쩌면 그 분들의 사랑이 사회의 가장 낮은 곳에 생명적 안전망을 만든 것입니다. 이 정신과 돌봄의 내용은 지금의 지역아동청소년 센터로 이어집니다. 지금도 여전히 센터 선생님은 먹이는 엄마이고 힘든 아이를 품는 엄마이고 사랑하는 엄마입니다. 그래서 센터 선생님의 전문성은 기술(테크닉)이지 않습니다. 생각해 보십시오. 생명 나눔에 기술은 무슨 기술이겠습니까? 굳이 말하자면 예술이라고 하는 게 옳습니다.

그래서 계량화할 수 있는 전문성을 요구하는 것은 적당하지 않습니다.

물론 돌봄에도 객관적 지식과 기술이 필요합니다. 또 센터 운영과 관련한 행정적인 부분은 객관화되어야 합니다. 하지만 그런 의미의 전문성은 센터 선생님들의 주요 업무가 아니며 업무 능력을 측정할 기준도 될 수 없습니다. 어떻게 생명 나눔의 관계와 적극적인 사랑이 그런 전문성으로 판명되겠습니까? 만약 그런 전문성이란 것이 있더라도 그것들은 생명 나눔이라는 아이들에 대한 구체적인 사랑 행위에서 거듭나야 합니다. 새롭게 생명력이 넣어져야 합니다. 그래서 센터 선생님을 20년쯤 하신 분들은 사회적 엄마의 전문성이란 객관적 지표를 가질 수 있는 기술이 아니라 "사랑할 수 있는 힘이/ 전방위적일 때/ 매순간 작동할 때"라고 말합니다.

이 말의 의미는 다음과 같을 것입니다.

첫째, 돌봄의 동력은 아이들에 대한 자발적이고 능동적인 사랑이라는 것입니다. 그러니 나의 출발을 내가 배운 멋진 기술이나 지식에 두어서는 안 된다는 것입니다. 물론 우리는 지식도 기술도 또 적정한 보수도 필요함을 압니다. 하지만 돌봄의 시작은 아이들에 대한 사랑에서부터입니다.

둘째, 기술과 지식을 가지고 아이들에게 가는 것이 아니라 아이들에게 들어가 기술과 지식을 얻어야 한다는 것입니다. 보통 지식이나 기술은 '무엇에 대한' 것으로 대상화된 것들입니다. 하지만 생명 나눔으로서의 돌봄의 영역은 대상화된 지식이나 기술이 '적용'되기에는 전혀 적당하지 않습니다. 어쩌면 현재의 조건에서는 예전 우리의 어머니들처럼 고래심줄보다 더 질긴 아이들에 대한 믿음과 사랑만 있어도 좋은 센터 선생님이 될 수도 있습니다. 그만큼 대상화된 지식과 기술보다는 생명을 나눌 수 있는 돌봄이 중요한 까닭입니다. 하지만 돌봄을 지식과 기술에 대립시킬 필요는 전혀 없습니다. 둘의 관계는 서로를 돕는 것입니다. 그때 비로소 '사랑할 수 있는 힘이 전방위적이고 매순간 작동'할 수 있게 됩니다.

셋째, 사랑의 힘이 매순간 작용한다는 것은 늘 깨어 있는 능동적 관심의 상태임을 말합니다. 이는 아이를 지식이라는 대롱(이런 것을 관견(管見)이라고 하지요)으로 보는 것이 아니라 직접 만나서 살아 있음을 나누는 관계에서 본다는 것입니다. 아이들에 대한 전문적 지식이란 바로 그와 같은 생명적 만남에서 생겨나는 것입니다. 그것의 지극한 표현이 "아이와 내가 만나/ 웃음 속에서 아이의 내가 되는"입니다. 생각해 보십시오. 내가 아이에게 긍정("웃음") 되지 않았는데 어찌 생명 나눔이 가능하겠습니까?

넷째, 돌봄은 매우 구체적이라는 것입니다. 그럴 수밖에 없는 것이 생명적 관심과 적극적인 사랑이 아이와 만나는 것이기 때문입니다. 사랑의 이런 특성에 대해 에리히 프롬은 다음 같은 쉬운 예를 듭니다. "사랑이란 배려를 의미한다는 것은 자녀에 대한 어머니의 사랑에서 가장 뚜렷하게 나타난다. 만약 우리들의 어머니가 아기를 돌보는 일을 게을리 하는 것을 본다면, 또 그녀가 아기에게 젖을 먹이고 목욕을 시키고 육체적인 안정을 주는 것을 소홀히 하는 것을 본다면, 그녀의 사랑에 대한 어떤 확신도 우리를 진심으로 감동시키지는 못할 것이다. 반면에 우리들이 그녀가 아이를 돌보고 있는 것을 본다면 우리는 그녀의 사랑에 감동을 받을 것이다. 그것은 심지어 꽃이나 동물들에 대한 사랑에 있어서도 별로 다를 바가 없다. 만일 한 여성이 꽃을 사랑한다고 우리에게 말했으나 그녀가 꽃에 물을 주는 것을 잊어버린 것을 보았다면, 우리는 그녀의 꽃에 대한 사랑을 믿지 않을 것이다. '사랑이란 우리가 사랑하는 것의 생명과 성장에 대한 능동적인 관심'을 말한다."(에리히 프롬『사랑의 기술』, 36)

자, 그렇다면 사회적 엄마의 전문성은 어디에서 나오는 것입니까?

– 아이들에 대한 관심과 적극적인 사랑에서 나옵니다.

그래서 사회적 엄마가 되고 그 전문가 반열에 오른다는 것은 참 어렵습니다.

하지만 다행인 것은, 생명적 관심과 적극적인 사랑은 건강한 인간에겐 아주 자연스러운 인격 요소라는 사실입니다. 지식이나 기술이 인간의 기능적 측면이라면 돌봄의 근거인 적극적인 사랑은 건강한 본성입니다. 그래서 그 발걸음이 어렵기만 한 것은 아닙니다.

생각해 보십시오. 내가 한 사람을 사랑하게 되면 관심이 가는 게 당연합니다. 억지로 관심을 갖는 게 아니라 자발적이고 능동적으로 생각하게 됩니다. 그가 기분이 가라앉아 있으면 어떻게 해서 즐겁게 해줄까 생각하고, 기뻐하면 함께 하여 열 배가 될 수 있도록 합니다. 함께 있는 것이 생에서 얼마나 큰 축복인지를 느낄 수 있도록 찾아서 행합니다. 그의 생명과 성장을 끝없이 바라기에 그렇게 될 수밖에 없는 것입니다. 그래서 "전문성이란/ 지식도 아니다/ 사랑하려는 뜨거움이/ 정확성을 가질 때/ 저만치서도 안아 줄 수 있는/ 눈빛일 때"라고 말하는 것입니다. 생명적인 관심과 적극적인 사랑이기에 행위의 "정확성"이 생기고 "저만치서도 안아 줄 수 있는/ 눈빛"이 되는 것입니다. 만약 생명적인 관심만 있고 적극적인 사랑이 빠진다면 그 관심은 생명에 대한 침해가 될 수밖에 없을 겁니다. 또한 적극적인 사랑만 있고 생명적인 관심이 없다면 '서비스기계'가 될 것입니다.

그래서 사회적 엄마가 전문성을 갖추기 위해서는 다음과 같은 덕목이 꼭 필요합니다.

첫째, 아이라는 온전한 한 생명에 대해 민감해야 합니다.

둘째, 그와 구체적으로 함께 하기 위해 그에 대해 알려고 노력해야 합니다.

셋째, 그의 필요를 말이 아니라 구체적으로 행하는 실천이 필요합니다.

넷째, 그러기 위해서라도 스스로 책임을 느낍니다. 물론 이때의 책임은 외부로부터 주어지는 것이 아니라 전적으로 자발적인 사랑으로서의 책임입니다.

이 중에서 뭐든 하나라도 빠지면 그 사랑은 사랑에 반하는 행위가 됩니다. 생명적 주체적로서의 아이에 대해 민감하지 못하면 반응할 수 없는 것이고, 그에 대해 알지 못하면 자기만족적인 생각만 하게 되고, 구체적으로 행하는 일이 없으면 생명 나눔으로의 힘이 못 되고, 자발적인 책임감이 없으면 발전할 수 없습니다. 그래서 사회적 엄마의 생명적 관심과 적극적 사랑으로서의 돌봄에서만 "내가 살아나고/ 아이가 자라나게 되는" 기적 같은 일이 일어나는 것입니다.

다시 한 번 말합니다.

사회적 엄마의 전문성은 오직 아이들에 대한 적극적인 사랑에서, "사랑할 수 있는 힘이/ 전방위적일 때", "사랑하려는 뜨거움이/ 정확성을 가질 때" 생겨나고 자라는 것입니다.

다음 시를 읽으며 사회적 엄마의 생명적 관심과 적극적 사랑으로서의 돌봄이 현장에서 어떻게 구체적으로 구현되는지 생각해 보겠습니다.

아직도 이가 살고 있다

시흥센터지원네트워크 공동창작

지역아동센타 선생님들끼리

이에 대한 이야기가 터졌다

자기의 머리를 긁어대는 시늉을 하며 하는 말

한 머리에서 스물여섯마리나 잡았어요

화이트보드를 깔아놓고 참빗질을 해요

정말 보리쌀만한 이가 있어 사진도 찍었어요

아이를 안아준 선생님이 옮아

집 식구들에게 옮기기도 해요

그럴 땐 어떻게 하느냐고 물으니

조치1. 프라이버시를 생각해 따로 불러서 참빗으로 빗긴다

조치2. 대개가 결손가정 아이라 이약 티락스를 사서 센터장님이 직접 머리
를 감긴다

조치3. 여럿일 때는 날 잡아서 전체 행사처럼 한다

조치4. 옮을 수 있기에 수시로 점검한다

한번은 머리카락이 허리까지 내려오던 아이가 이가 생겼는데 당해낼 도리
가 없어 도움을 주는 미용실로 데리고 가(일반 미용실에선 옮긴다고 받아주
지도 않음) 머리를 자르고 매직파마를 시켜주었는데 아이가 변한 그 머리에

적응을 못해 며칠 울었던 적도 있다고 하자

모두 배꼽을 잡고 웃었지만
보리쌀만한 이가 아직도 전후시절(戰後時節)처럼
아이들과 살고 있고
선생님들은 참빗질을 한다

이것이 이천년대의 풍경일까 싶지만 이천년대의 풍경이 맞습니다. 정말이지 웃을 수도 울 수도 없는 풍경입니다.

그런데 보십시오.

사회적 엄마가 어떻게 아이의 머리에서 이를 찾아냈겠습니까?

― 이가 뭔지도 모르는 아이에게서 이를 찾아낸 것은 선생님의 관심입니다. 아이가 머리를 긁고 있으면 '왜 그럴까?' 생각하고, '엇, 보통 땀이 나서 긁을 때와 다르네?' 하고 머리 긁는 행위의 차이를 식별하고, 그놈 머리통이 궁금하여 유심히 살펴보는 생명적 관심입니다.

그래서 이를 발견하면 어떻게 그것을 해결합니까?

― 위의 시에서 나오는 조치 내용의 방식으로 해결하는 방식입니다. 아주 적극적이고 구체적인 사랑의 행위로 해결됩니다.

생각해 보십시오. 선생님이라고 이에 대해서 배웠겠습니까? 그 조치에 대해 배웠겠습니까? 아닙니다. 사건과 동시에 어떤 조치를 취해야 할지 자신들의 어머니에게 물어 알아보고, 이웃 센터 선생님들에게 사례를 물어 알아보고, 약국을 돌아다니며 배웁니다. 그 과정에서 요즘은 이가 없기 때문에 이약을 팔지 않는 곳이 대부분이라 이약을 파는 약국이 어디에 있다는 것도 알게 됩니다. 그렇게 해서 이약을 구하면 그것을 사용하는 방법을 배워 직접 행합니다. 그 조치 1,2,3,4를 보십시오. 조치에서도 아이들의 프라이버시와 인권을 철저하게 지키려고 최선을 다합니다. 그리고 곧바로 센터에 이가 발생했을 때의 매뉴얼처럼 조치가 구체화됩니다. 이렇게 생명 나눔으로서의 돌봄 현장에서 사랑은 추상적이고 폼 나는 것이 아니라 사소하고 구질구질한 구체적인 일들입니다.

이렇게 사랑은 현장에서 구체적이 됨으로서 전문성을 획득하는 것입니다.

따라서 사회적 엄마의 전문성을 지식의 숙달로 생각해서는 안 됩니다. 이런 말이 가능할지는 모르겠지만, 센터 선생님의 행위 하나하나는 '지금-여기'에서 일어나는 '사랑의 현장화'입니다. 아이들과의 관계에서 살아 있는 적극적인 사랑이 그 순간 필요한 구체적 행위를 만들고, 그 행위의 유능함에서 전문성이 생기는 것입니다.

조금은 엉뚱한 다음 시에서도 사회적 엄마의 육화된 사랑이 훅 느껴집니다.

비가 와서

꿈두레교사 공동창작

초등학교 4학년 여자애가

훌쩍거리며 센터 문을 연다

큰일이다 싶어

아주 다정하게

왜 우니? 하고 물었는데

선생님, 비가 와요 하며 더 크게 우는 것이다

도대체 내가

비에 대해 무얼 알겠는가

하지만 언젠가 나도 누구에겐가

비가 와서 울어요 라고

말할 때가 있으리라

아이를 안아주면서

안아 줄 수밖에 길이 없는

울음과 존재를 생각한다

당황스러운 순간입니다.

그런데 사회적 엄마가 어떻게 반응합니까?

– 안아 줍니다. '비가 오는 것이 왜 슬프니?' 하고 묻지 않고, 또 아이 울음의 사연을 상상하지 않고, "비가 와서 울어요"라는 아이를 있는 그대로 전폭적으로 긍정하며 그 슬픔을 안아주는 것입니다. 모르긴 몰라도 그렇게 안아주는 것만으로도 그 아이는 금방 다른 아이들과 어울려 깔깔거리며 뛰어다녔을 것입니다. 왜냐하면 그 울음은 이유를 알 수 없는 눈물이었는데, 선생님이 그 눈물을 있는 그대로 긍정해주니, 더 이상 울 까닭이 없어졌기 때문입니다. 아무것도 해결한 것이 없어 보이지만 실은 완벽하게 해결된 것입니다. 이와 반대로 아이를 불러다 앉혀놓고 우는 까닭을 꼬치꼬치 물었다면 어떻게 되었을까요?

사회적 엄마는 아이에 대해 있는 그대로 긍정하는 것만으로도 긍정적 생명의 힘이 흘러감을 압니다.

이렇게 선생님의 사랑은 현장 안에서 구체적으로 행해집니다.

아이에 대한 관심과 적극적인 사랑이 매 순간 구체적인 길을 열어줍니다.

그래서 사회적 엄마에 대한 전문성의 요구는 '생명 나눔으로서의 돌봄'에 초점이 맞춰져야 하고, '사랑할 수 있는 힘이 전방위적이고 또 매순간 작동할 수 있는가'에서 구해져야 합니다.

어리석은 사랑의 신비를 생각한다

꿈두레교사 공동창작 「훌륭한 멍청이 이용하기」
오철수 「사랑할 줄 아는, 이윤복 선생님」
권정수 「긴 추석 유감」

사회적 엄마는 아이를 가슴으로 품어 낳은 어머니입니다. 이 용어가 좋든 싫든 지역 아동센터는 그렇게 사회적 엄마일 수밖에 없게 합니다. 왜냐하면 센터에 오게 되는 아이들 대부분이 기초생활수급자 가정이자 돌봄이 제대로 이루어지지 않는 처지의 아이들이기 때문입니다. 지역 편차가 있겠지만 대개가 경제적 능력과 돌볼 수 있는 힘이 거의 없는 어르신에게 맡겨진 아이들과 한부모가정 아이들입니다. 그러니 당장 학교가 끝나고 아이들이 머물 수 있는 공간과 저녁을 먹이고 부모가 돌아오는 밤 시간까지 돌봄이 필요한 아이들입니다. 학교를 가지 않는 방학 때나 명절 등에는 종일 아이들을 돌봐야 합니다. 거기에다가 대부분의 아이들이 가정이 해체되며 받은 커다란 상처와 존재 불안을 이미 안고 있습니다. 그래서 '사회적 돌봄 서비스'로 생각할 수 없는 독특한 차원, 다시 말해 더욱 더 '엄마의 역할에 해당하는 돌봄'(생명 나눔으로의 돌봄)이 필요한 상태입니다. 말하자면 엄마의 역할을 사회적 차원에서 하는 '사회적 엄마'가 필요한 것입니다. 처음에는 그저 돌봄서비스 차원에서 일을 시작하였더라도 사회적 엄마가 될 수밖에 없는 것입니다. 이런 상태는 한용운 시인이 시집 『님의 침묵』에서 했던 「군말」과 같습니다. "〈님〉만 님이 아니라 기룬 것은 다 님이다. 중생(衆生)이 석가(釋迦)의 님이라면 철학은 칸트의 님이다. 장미화(薔薇花)의 님이 봄비라면 마시니의 님은 이태리(伊太利)다. 님은 내가 사랑할 뿐만 아니라 나를 사랑하나니라." 처음에는 그저 돌보는 일로 시작했더라도 기르는 과정 속에서 내 아이인 '님'이 되고, 그 '님'도 나를 '엄마'로 부르게 되는 것입니다. 한용운 시인의 흉내를 내어 사회적 엄마의 마음을 표현하면, '내가 기른 아이는 나의 님이며, 그 님은 내가 사랑할 뿐만 아니라 나를 사랑합니다'가 될 것입니다. 스스로 아이에게 구속됨을 선택함으로서 아이들과 생명 나눔으로의 돌봄을 행하는 사회적 엄마가 되는 것입니다.

그러니 물질적 가치를 기준으로 돌아가는 세상의 눈으로 보면 도무지 이해되지 않는 존재입니다. 왜냐하면 물질적 가치를 기준으로 하는 삶의 양식에 맞아떨어지는 소위 합리성이 없어 보이기 때문입니다.

그래서 다음과 같은 가슴 아픈 시가 쓰여집니다.

훌륭한 멍청이 이용하기

꿈두레교사 공동창작

공무원과 우리의 결정적 차이는

우리들이 월급을 받아서

그 돈으로 운영비를 충당하는 것을

그들은 이해하지 못하고

이해할 수도 없다는 것이다

그래서 분명 우리들이 떼어먹었을 것이라 의심한다

그래서 분명 자신들이 모르는 음흉한 기술이 있을 것이라 여긴다

그래서 우리들은 도둑놈이거나 아니면 훌륭하거나 멍청이거나

둘 중에 하나라는

무지막지한 확신

그래서 철없는 주사主事는 빙글빙글 웃으며 말한다

지원 없을 때도 잘 하셨으니

지원하면 더 잘하실 수 있겠네요

어떻게 이런 극명한 차이가 드러나는 것입니까?

이유는, 가치의 기준이 다르기 때문입니다.

이 시에서 지원업무를 담당하는 분이 기준으로 하는 가치는 무엇입니까?

— 한마디로 '상품의 교환가치'를 기준으로 합니다(예를 들어 센터 선생님은 자기를 노동 상품으로 팔고 교환가치를 평가받고 임금을 받는 자입니다). 따라서 교환 관계가 성립되지 않는 가치는 있어도 없는 것이며, 교환

가치가 없는데도 그를 행하는 것은 '멍청한 짓'이며, 그러므로 사회적 엄마는 잘못된 존재로서 분명한 교환 관계가 성립되는 '돌봄 서비스'를 해야 한다는 것입니다. 그러니 사회적 엄마가 "월급을 받아서/ 그 돈으로 운영비를 충당하는 것을/ 그들은 이해하지 못하고/ 이해할 수도 없"는 것입니다. 하는 일에 비해 쥐꼬리만 한 급료인데, 거기에서 떼어 센터 운영비로 충당하니 그를 어찌 이해하겠습니까. '상품의 교환기치'를 기준으로 살아가는 삶의 방식에서 보면 '생명 나눔의 가치'를 기준으로 살아가는 존재는 '멍청한 존재'입니다. 어떻게 손해를 보고, 손해를 감수하여 산단 말인가! 그래서 불신의 대상이기도 합니다. "그래서 분명 우리들이 떼어먹었을 것이라 의심한다/ 그래서 분명 자신들이 모르는 음흉한 기술이 있을 것이라 여긴다/ 그래서 우리들은 도둑놈이거나 아니면 훌륭하거나 멍청이거나/ 둘 중에 하나라는/ 무지막지한 확신". 물론 이런 불신에는 돌봄을 빙자해 그 알량한 지원금을 뜯어먹는 분들도 있었기 때문이란 걸 잘 압니다. 하더라도 인간에 대한 예의는 지켜야 합니다. 사회적 엄마가 "빙글빙글 웃으며 말한다/ 지원 없을 때도 잘 하셨으니/ 지원하면 더 잘하실 수 있겠네요"라는 조롱을 왜 받아야 합니까? 사회적 엄마는 아이들에게 조금이라도 나은 여건을 만들기 위해 정말 최선을 다합니다. 그뿐입니다. 자존심이 뭉개지는 조롱을 참는 것도 아이 입으로 들어갈 것이 혹시나 줄어들까 염려하여 그런 것입니다.

어쩌면 '상품 교환가치'를 기준으로 바라보면 이 땅의 어머니의 일의 90% 정도는 없는 일이 될 것입니다. 그렇듯 '생명 나눔으로서의 돌봄'을 최고의 가치로 삼는 사회적 엄마 일도 90%가 보이지 않는 일일 것입니다. 사회적 엄마 스스로도 "퇴근도 못하고 바쁜데/ 너 오늘 뭐 했어 라고 물으면/ 딱히 한 일이 없다/ 아이들 꽁무니 좇아다니고/ 별일 아닌 것들로 어수선하게/ 종일 뛰어다닌 것뿐이다/ 그래서 가끔 나는 무엇을 하는 사람일까 생각하곤 하는데/ 신기하게도 티 하나 나지 않는 일만/ 어찌 그리 골라서 하는 것일까/ 이 순간도 '선생님'하고 부르고/ 저기서도 '선생님' 하고 부른다/ 아이들 옆에 같이 있어준다는 것/ 정말 하는 일 없이 바쁜 일이다"(「하는 일 없이 바쁘다는 말」)고 말합니다. 하지만 정말 일이 없었던 것입니까? 결코 아닙니다. 녹초가 될 정도로 어마어마한 양의 일을 하신 것입니다. 그럼에도 '상품의 교환가치'라는 기준에는 보이지 않는 일이었던 것입니다.

이것이 생명을 살리는 '생명 나눔으로서의 돌봄'이라는 일의 특수함입니다.

바로 그런 일을 사회적 엄마는 자임합니다. 당신 스스로 "훌륭한 멍청이"가 되기를 원한 것입니다.

저는 이런 사회적 엄마의 사랑을 '어리석은 사랑의 신비'라고 부르고 싶습니다.

다음 시를 읽겠습니다.

사랑할 줄 아는, 이윤복 선생님

오철수

사랑을 하면

어리석어진다는 말이 맞다

계산하는 이성理性이 할 일이 없어지니

참 한심하게 보이기도 하고

모든 게 사랑에게로 기울어져 있으니

다리는 기우뚱거릴 테고

모든 게 사랑에게 가는 길이니

맞다 말짱한 정신에게는

어리석고 또 어리석은

사랑을 하면 눈먼다는 말 맞다

근 삼십년 만에 지역청소년 활동을 한다는 엉성한 후배를 만나서

그래 나는 눈이 멀어 눈을 뜬

기쁜 사랑을 본다

갈 곳 없어 방황하는 아이들에게

자길 내어주며 좋아하는

깨끗한 인간 사랑을

이 시는 이윤복 선생님뿐만 아니라 제가 만난 센터 선생님들의 공통점

입니다. 그들 모두 아이들 사랑에 자기를 모두 내놓은 분이었습니다. 돈이 되는 것도 아니고 명예를 얻는 것도 아닌 그 일, '생명 나눔으로서의 돌봄'을 자기 전부로 사는 것입니다. 그러니 물질적 가치를 우선하는 소유적 삶의 양식 입장에서 보면 어리석은 삶입니다. 그럴 수밖에 없는 것이 '생명 나눔으로서의 돌봄'은 "계산하는 이성"이 아니라 '너의 건강한 생을 위한 나의 줌'이 처음과 끝이기 때문입니다. 그로 하여 한용운 시인이 말했던 "님은 내가 사랑할 뿐만 아니라 나를 사랑하나니라"의 관계가 되는 것입니다. 그래서 "참 한심하게 보이기도" 할 것입니다. 정말이지 지배적인 사회적 가치의 눈으로 보면, '제 꼬라지도 모르는 자'일 수 있습니다. 하지만 그렇게 셈할 줄 모르는 사람이 있다는 게 또한 얼마나 신선합니까. 또 그 신선한 하늘 아래서 아이들이 자라고 있다면 말입니다. 사회적 엄마는 "모든 게 사랑에게로 기울어져 있으니/ 다리는 기우뚱거릴 테고", 어떻게 보면 비틀거리는 것 같고 또 어떻게 보면 춤추는 것 같은 모습일 테지만, "모든 게 사랑에게 가는 길이니" 당연히 그럴 수밖에 없습니다.

하지만 무슨 상관이겠습니까. 아이들이 웃는데!

하지만 무슨 상관입니까. 아이들이 쭉쭉 자라는데!

맞습니다. 이 모습이 "말짱한 정신에게는/ 어리석고 또 어리석은" 삶으로 보이고 눈먼 삶으로 보일 것입니다. 맞습니다. "사랑을 하면 눈먼다는 말!" 하지만 '상품 교환가치'라는 눈이 멀면 장님이 되는 것이 아니라 '생명 나눔 가치'라는 새로운 눈이 열림을 사회적 엄마는 보여줍니다. "눈이 멀어 눈을 뜬/ 기쁜 사랑을!". "갈 곳 없어 방황하는 아이들에게/ 자길 내어주며 좋아하는/ 깨끗한 인간사랑을!". 그래서 저는 말할 수 있습니다. 사회적 엄마의 사랑이야말로 이기심과 경쟁심이라는 두 바퀴로 굴러가는 우리 병든 문명과 문화를 치유하는 비둘기 발걸음처럼 가벼운 혁명의 길이라고. 생명 살림을 제1원리로 삼는 '어리석은 사랑의 신비'라고!

그런데 이렇게 '어리석은 사랑의 신비'라고 말하면 뭔가 폼 나는 것으로 오해할 수도 있습니다. 우리가 상품 교환가치로 운용되는 삶에 몸담고 있는 한 그런 오해는 끝나지 않을 것입니다. 왜냐하면 그들 눈에는 '어리석은 사랑의 신비' 또한 하나의 상품이기 때문입니다. 하지만 사회적 엄마의 '어리석은 사랑의 신비'는 생명 나눔으로 가치를 전환할 때만 생겨나는 것이고, (새겨들으십시오!) 생명 나눔에는 신비가 있는 게 아니라 구체적인 '나눔에의 열정'만 있는 것이며, 이 '나눔에의 열정'은 역설적이게도 전혀 폼 나지 않아서 '신비'를 생각하게 한다는 것입니다. 이 말이 어렵다면, "자기 내어주며 좋아하는", 쌔빠지게 몸 대주고 일하면서도 기뻐하는 자의 이미지를 떠올려 보십시오. 그럴 수 있는 능력이 바로 '어리석은 사랑의 신비'입니다. 그래서 어리석은 사랑의 신비에는 사랑을 위한 일(노동)이 조건이라고까지 말해질 수 있습니다. 실제로 생명적 관심과 적극적인 사랑으로서의 돌봄에 나선 분들은 그 순간부터 "가장 가까운 것부터 잡아챈다/ 이때 그의 발은/ 두 번째 걸음을 위한/ 한걸음부터 걷는다/ 이때 그의 눈은 철칙鐵則처럼/ 먼 곳이 아니라/ 눈앞의 것을 본다/ 하나씩 하나씩이다// 냉혹하게 말하면 −줄임− 도달하는 위대한 사랑은/ 사소한 일이 전부다"(「열정과 사랑, 김보민 선생님」에서)인 삶을 삽니다. 왜? 생명 나눔으로서의 돌봄은 모든 게 구체적이기 때문에! 구체적이지 않으면 아무것도 아니기 때문에!

이처럼 "사소한 일이 전부"인 생명 나눔을 자발적이고 창조적으로 행하여 아이와 새로운 생명적 관계를 만들어내며 더 커진 생명성을 즐거워하는, 도대체가 바보 같은 사랑이 바로 '어리석은 사랑의 신비'입니다.

다음의 눈물을 통해 어리석은 사랑의 신비를 느낀다면 얼마나 좋을까요.

긴 추석 유감(遺憾)

권정수

센터도 쉰다

쉼터도 쉰다

아이는 보호자에게로 가서 추석을 보내야 하는데

결코 집에는 가지 않겠다고 했다

가정 폭력으로 분리되어

쉼터에서 자고

센터에 오는 아이인데

갈 곳이 없다

수가 없지 않느냐며

눈 딱 감고 집에 들어가 자라고 부탁을 하니

길에서 잘 거라고

예전에도 몇 번 해봤다며

결코 집에는 들어가지 않겠다고 한다

거우 중학교 1학년 아이가

선생님이 할 수 있는 일이란 게

아무것도 없다

추석 첫날 밤 혹시나 해서

센터 올라가는 계단 신발장에 침낭을 놓고나오며

울었다

에필로그

생명을 나누는 사회적 엄마, 정말 고맙습니다

지금까지 우리는 이 사회의 특별한 존재인 사회적 엄마의 여러 모습을 보았습니다. 세상이 그분들을 어떻게 정의하든 그분들이 하는 일은 정말 필요한 일이며 마땅히 이 사회가 관심을 두어야 할 일입니다. 하지만 물질적 가치 중심의 세상에서는 늘 후순위의 가치입니다. 서글픈 일입니다. 사회적 엄마들의 헌신으로 사회적 안전망을 유지한다는 것은! 사회 운영의 원리를 생명적 가치 중심으로 전환하지 못한다면 이 서글픈 느낌은 비생명적 현실로 굳어버릴 것입니다.

그래서 생명 나눔으로서의 돌봄을 수행하는 사회적 엄마에 대한 관심의 요청은 더욱 큰소리를 내야 합니다. 그런데 놀랍게도 사회적 엄마의 존재를 무한히 긍정하는 소리를 정말 특별한 존재로부터 듣습니다.

다음 시를 읽겠습니다.

너는 나처럼 살지 말라

권정수

스물한 살 먹은 형이

중1 동생을 데리고 센터에 왔다

전후 설명 없이 다짜고짜

'선생님, 얘 여기 다니게 해주세요!'했다

터무니없었지만 일단 알았다고 대답은 했다

어떻든 시설에는 규정이 있는 것이니

아이에게 의사를 물었는데 자기도 다니겠다고 한다

이런저런 서류를 해오라고 하니

기다렸다는 듯 아이의 형이 해왔다

며칠 동안 그 스물한 살 먹었다는 아이의 형이 궁금했다

형은 왜 동생을 센터에 맡기려고 했을까?

후에 안 일이지만 그 형은 중고등학교 시절을

학교 밖 청소년으로 보냈는데

친구 따라 두세 번 센터에 놀러와 봤고

스물한 살이 되어 동생에 대해 어떤 생각이 들었던 것이다

너는 나처럼 살지 말라는―

그 나이에

청소년센터가 필요하다고 말한 사람이 누구입니까?

– 복지를 공부한 사람도 아니고 사회적 엄마도 아니고 아이들도 아닌, 학교 밖 청소년 시절을 보낸 이제 스물한 살 된 아이입니다. 그 아이가 중학교 1학년이 된 동생을 데리고 와 맡긴 것입니다.

그 형은 도대체 왜 자신의 동생이 센터에 다니길 바란 것일까요?

– "너는 나처럼 살지 말라"고!

더 무슨 말이 필요하겠습니까. "친구 따라 두세 번 센터에 놀러와" 보아도 이곳이 '생명 나눔과 살림이 있는 곳'임을 알 수 있도록 사회적 엄마들이 행한 것입니다. 중고등시절을 학교 밖 청소년으로 보낸 형이 그것을 보았고 동생을 센터로 데리고 온 것입니다. 정말이지 사회적 엄마의 존재가 온전하게 긍정되는 사건입니다.

이런 긍정이 있는데 더 무슨 말이 필요하겠습니까.

이 사회가 사회적 엄마를 돕고 함께 하려고 노력해야 합니다.

그저 고마울 따름인 이 땅의 모든 사회적 엄마를 위해 다음 시를 읽으며 글을 마칠까 합니다.

산줄기는

마을로 내려올수록

낮게

겸손해진다

사랑에 다다르는 일이란 게 그렇다

– 시 「산은」 전문